El arroyo de la Llorona y

de SANDRA CISNEROS

"La autora nos seduce con su prosa parca y precisa. Sus inolvidables personajes nos invitan a levantarlos de la página. No es únicamente una escritora con un don especial, sino que es una escritora absolutamente esencial".

—*The New York Times Book Review*

"Maravilloso—conmovedor, vívido, honesto y claramente la obra de una autora que siente un gran amor por la gente sobre la que escribe".

—*Mirabella*

"[Cisneros es] una escritora que se atreve a tomar riesgos con una mano firme; [sus] palabras buscan el umbral entre el relato y la música. Además, como ocurre en muchos de los cuentos de Cisneros, nos encaminamos para cruzar ese puente de la tristeza con un largo listón de risa que gorgorea como el arroyo. Estas son obras sabias de una escritora cuya poesía del lenguaje juega un mano a mano con la virtuosidad fundamental de su narrativa".

—*Miami Herald*

"Un gobelino donde se ha entretejido las visiones con las vivencias... vigorosa, envalentonada y llena de imágenes... la obra de Sandra Cisneros amalgama el lugar y el pensamiento para engendrar una visión sin igual del sudoeste de los Estados Unidos".

—*Dallas Morning News*

"Estos relatos tiemblan de vida, respiran y ríen y lloran y se enfurecen. El mundo de Cisneros... queda descrito con ardor y amor, además de estar escrito de una manera simplemente genial. ¡Bravo, Cisneros!"

—*San Diego Tribune*

OBRAS DE LA MISMA AUTORA

Woman Hollering Creek and Other Stories

My Wicked Wicked Ways

Loose Woman

Hairs (infantil)
Hairs/Pelitos (Traducción de L. Valenzuela)

The House on Mango Street
La casa en Mango Street (Traducción de E. Poniatowska)

SANDRA CISNEROS

El arroyo de la Llorona

Sandra Cisneros nació en Chicago en 1954 y ahora vive en San Antonio, Texas. Reconocida a nivel internacional por su poesía y su ficción, la escritora ha recibido numerosos premios literarios, entre los que se incluye la prestigiosa beca de la Fundación MacArthur para 1995. Cisneros es la autora de *Woman Hollering Creek and Other Stories, My Wicked, Wicked Ways, Loose Woman, Hairs/Pelitos, The House on Mango Street* y *La casa en Mango Street,* traducido por Elena Poniatowska. Hija de padre mexicano y madre méxicoamericana y hermana de seis hermanos, Cisneros no es esposa, ni madre, ni nana de nadie.

ACERCA DE LA TRADUCTORA

Liliana Valenzuela nació en la Ciudad de México en 1960 y vive en Texas desde hace quince años. Poeta y escritora, recibió el Premio Literario Chicano de la Universidad de California en Irvine en 1989 por su ficción. Al terminar sus estudios de licenciatura y maestría en antropología en la Universidad de Texas en Austin, Valenzuela se inició como traductora profesional y, posteriormente, como traductora literaria. Su primera traducción para una editorial fue el cuento ilustrado para niños *Hairs/Pelitos,* de Sandra Cisneros (Knopf). Vive en Austin, Texas, con su esposo, George Eckrich, y sus dos hijos, Sofía y Diallo.

El arroyo de la Llorona

y otros cuentos

Sandra Cisneros

El arroyo de la Llorona

y otros cuentos

TRADUCIDO POR
Liliana Valenzuela

VINTAGE ESPAÑOL / VINTAGE BOOKS
UNA DIVISIÓN DE RANDOM HOUSE, INC. / NEW YORK

UN LIBRO VINTAGE ESPAÑOL ORIGINAL
Septiembre de 1996

 Publicado en los Estados Unidos de América por Vintage Books, una división de Random House, Inc., New York, y simultáneamente en Canadá por Random House of Canada Limited, Toronto. Este libro fue publicado por primera vez en inglés por Random House, Inc., en 1991.

Agradecimientos a los siguientes por el permiso de reimpresión del material previamente publicado:
ARTE PUBLICO PRESS: "Mexican Movies" de Sandra Cisneros fue publicado por primera vez en la revista *Americas Review,* Volumen 16, No. 3–4. Permiso de reimpresión.

TRADITION MUSIC COMPANY: Fragmentos de la canción "Ay te dejo en San Antonio" de Santiago Jiménez. Copyright © de Tradition Music Co. (BMI). Permiso de reimpresión.

Algunos de los cuentos en esta obra fueron publicados originalmente en *Americas Review, Grand Street, Humanizarte, Los Angeles Times Magazine, The Saguaro Story* y *The Village Voice Literary Supplement.*

Library of Congress Cataloging-in-Publication Data
Cisneros, Sandra.
[Woman Hollering Creek. Spanish]
El arroyo de la Llorona / by Sandra Cisneros; translated by Liliana Valenzuela.
p. cm.—(Vintage español)
ISBN 0-679-76804-1
1. Mexican-American Border Region—Social life and customs—Fiction. 2. Mexican Americans—Social life and customs—Fiction. I. Title. II. Series.
PS3553.178W6618 1996
813'.54—dc20 96-7257
CIP

Biblioteca del Congreso de los Estados Unidos
Información de catalogación de publicaciones

Cisneros, Sandra
[Woman Hollering Creek. Español]
El arroyo de la Llorona / de Sandra Cisneros; traducido por Liliana Valenzuela.
p. cm.—(Vintage español)
ISBN 0-679-76804-1
1. Región fronteriza méxicoamericana—Vida social y costumbres—Ficción. 2. Méxicoamericanos—Vida social y costumbres—Ficción. I. Título. II. Series.
PS3553.178W6618 1996
813'.54—dc20 96-7257
CIP

Diseño del libro de JoAnne Metsch

Impreso en los Estados Unidos de América
10 9 8 7

For my mama,
Elvira Cordero Anguiano,
who gave me the fierce language.
Y para mi papá,
Alfredo Cisneros del Moral,
quien me dio el lenguaje de la ternura.
Estos cuentitos se los dedico
con todo mi corazón.

Índice

III.

Los *acknowledgments*

Mi querido público,

Algunos de los primeros cuentos de esta antología los escribí mientras vivía en el cuarto de huéspedes de la casa de mi hermano y mi cuñada, Alfred Cisneros, Jr., y Julie Parrales-Cisneros. Por el libre acceso, por el lujo de ese cuarto cuando necesitaba ser una escritora, gracias.

Gracias a mi madre, la *smart cookie,* mi *S&L financial bail-out* más veces de las que me gustaría admitir.

Al National Endowment for the Arts por salvarme dos veces en esta vida. *Thank you.* Siempre, gracias. Mi vida, mi escritura, nunca han sido lo mismo a partir de entonces.

Rubén, *late or early,* una vez o siempre—gracias.

La casita en West Eleventh Street. ¡*A borrowed blessing!* Gracias, Sara Stevenson y Richard Queen, por su generosidad.

Las *readers* de consciencia—Helena Viramontes, Liliana Valenzuela, Sonia Saldívar-Hull, Norma Alarcón. Las investigadoras de canciones—Laura Pérez y María Herrera-Sobek. A todas, gracias.

Las San Antonio *girlfriends*—Catherine Burst, Alba DeLeón, Sophia Healy, Joan Frederick Denton y la Terry "Mujer de fuerza" Ybáñez. El texto Tex-Mex inspeccionado por Juanita "La tejanita" Luna-Lawhn. Agradecimientos. Un beso y apretón para cada una.

La *sister* yugoslava—Jasna "Caramba" Karaula. Hermana, *hvala*.

Los vatos de San Antonio—Ito Romo, Danny Lozano, Craig Pennel, César "Ponqui" Martínez—gracias, muchachos.

My thanks to los meros meros—el Erroll McDonald y la Joni Evans de Random House. Por su apoyo y fe feroz.

Praise to la bien bien linda Julie Grau, mi editora. Ay, Julie, *believe me,* te estoy eternamente agradecida por tu cariño incansable, tu paciencia y sensibilidad durante el parto y alumbramiento de este libro.

Gracias a la Divina Providencia que me mandó a la muy *powerful* y *miraculous* protectora literaria, Susan Bergholz, la brava. Hay que echar gritos, prender velitas, hacer *backflips.* Te abrazo con mi corazón, Susan. Por todo.

Damas y caballeros, un fuerte fuerte aplauso *for my most special reader, the most special friend.* El Dennis Mathis. Mi Ojitos.

Virgen de Guadalupe Tonantzin, infinitas gracias. Estos cuentitos te los ofrezco a ti, a nuestra gente. A toditos. Mil gracias. *A thousand thanks from* el corazón.

I.

Esa Lucy mi amiga, que huele a maíz

También yo te quiero
y te quiero feliz.

—Cri Cri
(Francisco Gabilondo Soler)

Esa Lucy mi amiga, que huele a maíz

Lucy Anguiano, niña tejana que huele a maíz, como a *chips* Frito Bandito, como a tortillas, algo parecido a ese olor tibio a nixtamal o a pan la manera como huele su cabeza cuando se te recarga pa'ver una muñeca de papel o en el porche acuclilladas sobre las canicas y cambiamos este cristal bonito que te deja una estrella azul en la mano por ese ojo de gato gigante con una espiral verde chapulín en el centro como el jugo de los insectos en el parabrisas cuando vamos a la frontera, como la sangre amarilla de las mariposas.

¿Comites alguna vez comida pa'perros? Yo sí. La truena con los dientes como si fuera hielo y luego abre la bocota para que veas que sí es cierto y allí dentro sólo hay una lengua rosa que da vueltas como un gusano ciego y Janey va y se asoma porque ella es la que dijo Enséñamelo. Pero a mí me cae bien esa Lucy, pelo con olor a maíz y chanclas de hule color aguamarina iguales a las mías que compramos en el K mart por sólo 79 centavos la misma vez.

Me voy a sentar al sol, no me importa si hace un millón

trillón de grados afuera, para que se me ponga la piel tan oscura que casi parezca azul donde se dobla como la de Lucy. Toda su familia es así. Ojos como navajazos. Lucy y sus hermanas. Norma, Margarita, Ofelia, Herminia, Nancy, Olivia, Cheli y la Amber Sue.

Puerta con mosquitero sin mosquitero. ¡Zas! Perrito mechudo mordiéndose sus pelos negros. Sillón gordo en el porche. Algunas de las ventanas pintadas de azul, otras de rosa, porque su papi 'taba cansado ese día o se le olvidó. Mamá en la cocina le da de comer ropa a la lavadora de rodillos y la ropa sale toda tiesa y torcida y aplastada como papel. A Lucy se le atoró el brazo una vez y tuvo que gritar ¡Amaaá! y su mamá tuvo que poner la máquina en reversa y la mano volvió a salir con el dedo negro y luego se le cayó la uña. *¿Pero se te quedó el brazo aplastado como la ropa? ¿Qué le pasó a tu brazo? ¿Te lo tuvieron que inflar?* No, sólo el dedo y ni siquiera lloró tampoco.

Inclínate sobre el barandal del porche y tiende el calcetín rosa de la bebé Amber Sue encima de la camiseta floreada de Cheli y los pantalones de mezclilla de la Ofelia sobre la costura de adentro de la blusa de Olivia, sobre el camisón de franela de Margarita para que no se estire y entonces tomas las camisas del trabajo de su papi y las cuelgas de cabeza así y de este modo la ropa no se arruga tanto y ocupa menos espacio y no gastas tantas pinzas. Todas las niñas usan la ropa de todas, menos Olivia, que es bien coda. No hay ni un niño aquí. Sólo niñas y un papá que casi no está en casa nunca y una mamá que dice *¡Ay! Estoy bien cansada* y tantas hermanas que no hay tiempo ni pa'contarlas.

Estoy sentada en el sol aunque es la hora más caliente del día, la hora en que las calles se marean, cuando el calor te hace un sombrerito en la cabeza y tuesta bien bien el polvo y el zacate y hace que todo sude, todo se llene de vaho y huela como a maíz dulce.

Quiero acariciar la cabeza de unas hermanitas y acostarme

con ellas en la misma cama, unas en la cabecera y otras en los pieses. Creo que sería bien lindo dormir con hermanas a las que les pudieras gritar a una por una o a todas juntas, en lugar de dormir sola en el sillón que se estira de la sala.

Cuando llegue a casa, abuelita me va a decir *¿Qué, no te dije?* y me van a dar porque se supone que iba a usar este vestido otra vez mañana. Pero antes voy a brincar de un colchón miado y viejo en la yarda de los Anguiano. Voy a rascarte tus piquetes de mosco, Lucy, para que te den comezón y luego les vamos a pintar encima caritas sonrientes de Mertiolate. Vamos a intercambiar zapatos y ponérnoslos en las manos. Vamos a caminar a la casa de Janey Ortiz y decirle *¡Nunca jamás en la vida vamos a ser tus amigas otra vez!* Vamos a correr a la casa de espaldas y vamos a correr a la casa de frente, mirando dos veces debajo de la casa donde se esconden las ratas y voy a meter un pie ahí porque me dijistes que no me atrevía, el cielo tan azul y el paraíso dentro de esas nubes blancas. Voy a arrancarme una costra de la rodilla y me la voy a comer, a estornudar encima del gato, a darte tres lunetas de chocolate que he estado guardando para ti desde ayer, a peinar tu pelo con mis dedos y a trenzarlo en trencititas chiquitititas bien lindas. Vamos a saludar con señas a una señora que no conocemos en el camión. ¡Hola! Voy a echarme una marometa en el barandal del porche de enfrente aunque se me vean los chones. Y vamos a recortar muñecas de papel que dibujamos nosotras mismas y colorear su ropa con crayolas, mi brazo prendido de tu cuello.

Y cuando nos miramos a los ojos, nuestros brazos pegajosos por la paleta gemela de naranja que compartimos, podríamos ser hermanas, ¿verdad? Podríamos ser, tú y yo esperando a que se caiga un diente y el ratón con el dinero. Tú estás riendo algo en mi oído que me hace cosquillas y yo hago Ja Ja Ja Ja. Yo y ella, esa Lucy mi amiga, que huele a maíz.

Once

Lo que no entienden de los cumpleaños y lo que nunca te dicen, es que cuando tienes once también tienes diez y nueve y ocho y siete y seis y cinco y cuatro y tres y dos y uno. Y cuando te despiertas el día que cumples once años, esperas sentirte de once, pero no te sientes. Abres los ojos y todo está igualito que ayer, sólo que es hoy. Y no te sientes como si tuvieras once para nada. Todavía te sientes como si tuvieras diez. Y sí los tienes, por debajo del año que te vuelve once.

Como algunos días puede que digas algo estúpido y ésa es la parte de ti que todavía tiene diez. Y otros días puede que necesites sentarte en el regazo de tu mamá porque tienes miedo y ésa es la parte de ti que tiene cinco. Y tal vez un día cuando ya seas grande necesites llorar como si tuvieras tres y está bien. Eso es lo que le digo a mamá cuando está triste y necesita llorar. Tal vez se siente como si tuviera tres.

Porque el modo como uno se hace viejo es un poco como una cebolla o los anillos dentro de un tronco de árbol o como mis muñequitas de madera que embonan una dentro de la otra, cada año dentro del siguiente. Así es como es tener once años.

No te sientes de once años. No luego luego. Tarda varios días, hasta semanas, a veces hasta meses antes de que digas Once cuando te preguntan. Y no te sientes como una niña inteligente de once años, no hasta que ya casi tienes doce. Así es.

Sólo que hoy quisiera no tener tan sólo once años repiqueteando dentro de mí como centavitos en una caja de Curitas. Hoy quisiera tener ciento dos años en lugar de once porque si tuviera ciento dos hubiera sabido qué decir cuando la Miss Price puso el suéter rojo sobre mi escritorio. Hubiera sabido cómo decirle que no era mío en lugar de quedarme sentada ahí con esa carota y sin poder decir ni pío.

¿De quién es esto? dice la Miss Price y levanta el suéter para que toda la clase lo vea.

¿De quién? Ha estado metido en el ropero durante un mes.

No es mío, dice todo mundo. No, no, mío no.

Tiene que ser de alguien, la Miss Price sigue diciendo, pero nadie se puede acordar. Es un suéter bien feo con botones de plástico rojos y un cuello y unas mangas tan tan estiradas que lo podrías usar como cuerda de saltar. Tal vez tiene mil años y aunque fuera mío nunca de los nuncas lo diría.

Tal vez porque soy flaquita, tal vez porque no le caigo bien, esa estúpida de Sylvia Saldívar dice, Creo que es de Raquel. Un suéter tan feo como ése, todo raído y viejo, pero la Miss Price se lo cree. Miss Price agarra el suéter y lo pone justo en mi escritorio, pero cuando abro la boca no sale nada.

Ése no es, yo no, usted no está.... No es mío, digo por fin con una vocecita que tal vez era yo cuando tenía cuatro.

Claro que es tuyo, dice la Miss Price. Me acuerdo que lo usaste una vez. Porque ella es más grande y la maestra, tiene la razón y yo no.

No es mío, no es mío, no es mío, pero Miss Price ya está pasando a la página treinta y dos y al problema de matemáticas número cuatro. No sé por qué pero de repente me siento enferma adentro, como si la parte de mí que tiene tres quisiera salirme por los ojos, sólo que los cierro con todas mis ganas y aprieto bien duro los dientes y me trato de acordar que hoy tengo once años, once. Mamá me está haciendo un pastel para hoy en la noche y cuando papá venga a casa todos var a cantar *Happy birthday, happy birthday to you.*

Pero cuando se me pasan las ganas de vomitar y abro los ojos, el suéter rojo todavía está ahí parado como una montañota roja. Muevo el suéter rojo a la esquina de mi escritorio con la regla. Muevo mi lápiz y libros y goma tan lejos de él como sea posible. Hasta muevo mi silla un poquito pa'la derecha. No es mío, no es mío, no es mío.

Estoy pensando por dentro cuánto falta para el recreo, cuánto falta para que pueda agarrar el suéter rojo y tirarlo por encima de la barda de la escuela o dejarlo ahí colgado sobre un parquímetro o hacerlo bolita y aventarlo al callejón. Excepto que cuando acaba la clase de matemáticas, la Miss Price dice fuerte y enfrente de todos, Vamos, Raquel, ya basta, porque ve que empujé el suéter rojo hasta la orillita de mi escritorio donde cuelga como una cascada, pero no me importa.

Raquel, dice la Miss Price. Lo dice como si se estuviera enojando. Ponte ese suéter inmediatamente y déjate de tonterías.

Pero si no es...

¡Ahora mismo! dice Miss Price.

Es cuando quisiera no tener once, porque todos los años dentro de mí—diez, nueve, ocho, siete, seis, cinco, cuatro, tres, dos y uno—están queriéndose salir desde adentro de mis ojos mientras meto un brazo por una manga del suéter que huele a queso añejo y luego el otro brazo por la otra y me paro con los brazos abiertos como si el suéter me hiciera daño y sí me hace, todo sarnoso y lleno de microbios que ni siquiera son míos.

Y de repente todo lo que he estado guardando dentro desde esta mañana, desde cuando la Miss Price puso el suéter en mi escritorio, por fin sale y de pronto estoy llorando enfrente de todo mundo. Quisiera ser invisible pero no lo soy. Tengo once años y hoy es mi cumpleaños y estoy llorando enfrente de todos como si tuviera tres. Pongo la cabeza sobre el escritorio y entierro la cara en mi estúpido suéter de mangas de payaso. Mi cara toda caliente y la baba escurriéndome de la boca porque no puedo parar los ruiditos de animal que salen de mí hasta que ya no me quedan lágrimas en los ojos y mi cuerpo está temblando como cuando tienes hipo y me duele toda la cabeza como cuando bebes leche demasiado aprisa.

Pero lo peor sucede justo antes de que suene la campana para el recreo. Esa estúpida Phyllis López, que es todavía más tonta que Sylvia Saldívar, dice que se acuerda que el suéter rojo ¡es suyo! Me lo quito inmediatamente y se lo doy, pero la Miss Price hace de cuenta que no hubiera pasado nada.

Hoy cumplo once años. Mamá está haciendo un pastel para hoy y cuando papá llegue a casa del trabajo nos lo vamos a comer. Va a haber velitas y regalos y todos van a cantar *Happy birthday, happy birthday to you*, Raquel; sólo que ya pa'qué.

Hoy cumplo once años. Hoy tengo once, diez, nueve, ocho, siete, seis, cinco, cuatro, tres, dos y uno, pero quisiera tener ciento dos. Quisiera tener cualquier cosa menos once, porque quiero que el día de hoy esté ya muy lejos, tan lejos como un globo que se escapa, como una pequeña *o* en el cielo, tan chiquitita chiquitita que tienes que cerrar los ojos para verla.

Salvador tarde o temprano

Salvador con ojos color de oruga, Salvador del pelo chueco y los dientes chuecos, Salvador, cuyo nombre la maestra no recuerda, es un niño que no es amigo de nadie, corre en esa dirección indefinida donde las casas son del color del mal tiempo, vive detrás de una puerta de madera sin acabado alguno, sacude a sus hermanos somnolientos para despertarlos, les amarra los zapatos, los peina con agua, les da de comer hojuelas de maíz y leche en una taza de peltre en la oscuridad tenue de la mañana.

Salvador, tarde o temprano, llega antes o después con la hilera de hermanos menores ya listos. Ayuda a su mamá, que está ocupada con el quehacer del bebé. Jala los brazos de Cecilio, Arturito, los apura, porque hoy como ayer, Arturito ha dejado caer la caja de puros llena de crayolas y ha dejado caer los cien deditos rojos, verdes, amarillos, azules y un muñoncito negro, deditos que ruedan y ruedan sobre los charcos de asfalto y luego siguen rodando y rodando, hasta que la mujer policía que está en el cruce de peatones detiene la nébula de coches para que Salvador los pueda recoger de nuevo.

Salvador dentro de esa camisa arrugada, dentro de esa garganta que tiene que aclararse y pedir disculpas cada vez que habla, dentro de ese cuerpo de niño de cuarenta libras con su geografía de cicatrices, su historia de sentimientos heridos, extremidades rellenas de plumas y trapos, en qué parte de los ojos, en qué parte del corazón, en esa jaula del pecho donde algo palpita con ambos puños y sabe sólo lo que Salvador sabe, dentro de ese cuerpo demasiado pequeño para contener los cientos de globos de felicidad, la guitarra única del dolor, hay un niño como cualquier otro de esos que desaparecen por la puerta, al lado de la reja del patio de la escuela, donde les ha dicho a sus hermanos que lo esperen. Toma las manos de Cecilio y Arturito, se escabulle para esquivar los muchos colores del patio escolar, los codos y las muñecas que se entrecruzan, los muchos zapatos que corren. Se torna más y más pequeño a la vista, se disuelve en el luminoso horizonte, revolotea en el aire antes de desaparecer como una memoria de papalotes.

Películas mexicanas

Es la de Pedro Armendáriz enamorado de la esposa de su jefe, sólo que ella es bien latosa y él es un zonzo. Me gusta cuando el hombre empieza a desvestir a la señorita porque es cuando papá nos da pesetas y nos manda al *lobby*, ándenle, hasta que se vuelven a poner la ropa.

En el *lobby* hay tapetes gruesos, rojos rojos, en los que si arrastras los pies echan chispas. Y cortinas de terciopelo con un fleco amarillo como los hombros de un general. Y una cuerda bien gorda de terciopelo en las escaleras que quiere decir que no puedes subir.

Puedes echarle una peseta a una máquina del baño de las mujeres y sacar un jueguito de plástico o un *lipstick* del color de las rosas de azúcar de los pasteles de cumpleaños. O puedes salir y gastarte el dinero en el mostrador de los dulces comprando una bolsa de churros o una torta de *ham and cheese* o una caja de gomitas *jujubes*. Si compras las gomitas, guarda la caja porque cuando te la acabas puedes soplar dentro y suena igualito que un burro; es muy divertido hacer eso cuando están pasando la película porque entonces alguien te contesta con su propia caja hasta que papá dice ya basta.

Las películas que más me gustan son las de Pedro Infante. Siempre canta montado a caballo y lleva un sombrerote y nunca les anda jaloneando los vestidos a las señoritas y ellas le avientan flores desde un balcón y casi siempre alguien se acaba muriendo, menos Pedro Infante, porque tiene que cantar la canción feliz al final.

Como Kiki todavía está chiquito, le gusta correr pa'abajo y pa'arriba por los pasillos, pa'abajo y pa'arriba con los otros niños, como caballitos, como yo lo hacía antes, pero ahora a mí me toca cuidar que no ande recogiendo los dulces que están en el piso y se los meta a la boca.

A veces, algún niño se sube al escenario y se ve una silueta doble en la parte de abajo de la pantalla y todo el mundo se muere de la risa. Y tarde o temprano un escuincle empieza a llorar hasta que alguien grita: *¡Que saquen a ese niño!* Pero si es Kiki, eso quiere decir yo, porque papá no mueve un dedo cuando está viendo una película y mamá se sienta con las piernas encogidas como un acordeón porque le dan miedo las ratas.

Los cines huelen a palomitas de maíz. Nos dejan comprar una caja con un payaso que avienta unas cuantas palomitas al aire y las cacha con la boca, con unas burbujitas en las que dice NUTRITIVAS y DELICIOSAS. A mí y a Kiki también nos gusta aventarlas al aire y reírnos cuando no le atinamos y nos rebotan en la choya, o agarrar puñados grandes con las dos manos y apachurrarlas para formar un montoncito que nos cabe en la boca y luego oír cómo rechinan contra los dientes y morder los granos al final y escupírnoslos como cuando jugamos a la guerra con semillas de sandía.

Nos gustan las películas mexicanas. Aunque sea una de ésas donde hablan un montón. Nos hacemos bolita como una dona y nos dormimos aunque se nos clave el brazo de la silla en la cabeza hasta que mamá nos pone su suéter de almohada. Pero entonces se acaba la película. Prenden las luces. Alguien nos carga—las piernas y los zapatos nos pesan y nos cuelgan como a los cadáveres de los muertos—nos llevan en el frío hasta el coche, que huele a puro cenicero. Con los párpados cerrados vemos luces blancas y negras, blancas y negras, hasta que ya pa'entonces estamos bien despiertos pero nos gusta hacernos los dormidos porque 'perate que ahí viene lo mejor. Mamá y papá nos sacan del asiento de atrás y nos cargan pa'arriba tres pisos hasta nuestro apartamento que da a la calle, nos quitan los zapatos y la ropa y nos tapan, así que cuando despertamos ya es domingo y estamos en la cama felices como lombrices.

¿sale? Beso beso beso. Luego, las dos Barbies se pelean. ¡Tarada! Él es mío. ¡Ay, no, no es, apestosa! Sólo que el Ken es invisible, ¿no? Porque no tenemos dinero para un muñeco con cara de menso cuando las dos preferiríamos pedir un traje nuevo para la Barbie la próxima Navidad. Así que tenemos que conformarnos con tu Barbie de los ojos malvados y mi Barbie de pelo esponjado y nuestro traje cada quien sin incluir el vestido de calcetín.

Hasta el próximo domingo cuando paseamos por el mercado que se pone en la calle Maxwell y *¡ahí!* Sobre la calle junto a unas herramientas viejas y unos zapatos de plataforma con los tacones todos aplastados y un basurero de mimbre verde fosforescente y papel de aluminio y tapones de llantas y un tapete peludo rosa y limpiadores de parabrisas y frascos de vidrio empolvados y una lata de café llena de clavos oxidados. *¡Ahí!* ¿Dónde? Dos estuches de Mattel. Uno con el conjunto de "Chica ejecutiva", elegante traje de mujer de negocios en blanco y negro, chaqueta manga tres cuartos y falda plisada, blusa roja tejida sin manga, guantes, zapatos de tacón y sombrero que hacen juego incluidos. La otra, "Dulces sueños", camisón a cuadros rosa y blanco de ensueño y bata que hace juego, pantuflas con adornos de encaje, cepillo para el cabello y espejo de mano incluidos. ¿Cuánto valen? Por favor, por favor, por favor, por favor, por favor, por favor, por favor, hasta que dicen está bien.

Por afuera tú y yo brincamos y tarareamos, pero por dentro estamos vueltas locas y echando marometas de gusto. Hasta que en el siguiente puesto, al lado de los pays en cajas y cepillos de excusado anaranjado brillante y guantes de hule y juegos de llaves inglesas y ramilletes de flores hechas de pluma y toalleros de vidrio y fibras de fregadero y discos de Alvin y las Ardillitas, *¡ahí!* Y *¡ahí!* Y *¡ahí!* Y *¡ahí!* y *¡ahí!* y *¡ahí!* y *¡ahí!* Barbie de piernas flexibles con su nuevo peinado estilo paje. Midge, la mejor amiga de Barbie. Ken, el novio de Barbie. Skipper, la hermanita de

Barbie. Tutti y Todd, los hermanos gemelos de Barbie y Skipper. Los amigos de Skipper, Scooter y Ricky. Alan, el amiguísimo de Ken. Y Francie, la prima moDHERna de Barbie.

Todo el mundo vende juguetes hoy, todos ellos juguetes dañados por el agua y que huelen a humo. Porque una bodega enorme de juguetes de la calle Halsted se incendió ayer—¿la ves ahí?—todavía sale humo y se esfuma sobre la autopista Dan Ryan. Y ahora hay una gran barata de artículos dañados sobre la calle Maxwell, solamente hoy.

Y qué importa si no conseguimos nuestra nueva Barbie de piernas flexibles y nuestros Midge y Ken y Skipper y Tutti y Todd y Scooter y Ricky y Alan y Francie en estuches limpios y lindos y los tuvimos que comprar en la calle Maxwell, todos empapados y tiznados. Y qué si nuestras Barbies huelen a humo cuando te las acercas a la nariz, aun después de haberlas lavado y lavado y lavado. Y si la muñeca más bonita, Francie, la prima moDHERna de Barbie con pestañas de verdad, con cepillo para las pestañas incluido, tiene el pie izquierdo un poco derretido—¿y? Si la vistes con su nuevo traje "Noche de graduación en rosa", esplendor en satín con saco que hace juego, cinturón dorado, bolso de mano y moño para el cabello incluidos, mientras no le levantes el vestido, ¿verdad?—quién se va a enterar.

Mericanos

Estamos esperando a la abuela enojona que está adentro echando pesos en la *money box* para las ofrendas endelante del altar de la Divina Providencia. Encendiendo una veladora e hincándose, encendiendo e hincándose. Persinándose y besándose el pulgar. Pasando, pasando el rosario de cristal entre sus dedos. Murmurando, murmurando, murmurando.

Hay tantas oraciones y promesas, tantas gracias-a-Dios que dar en el nombre del esposo, de los hijos y de la única hija que tuvo que nunca van a misa. No importa. Igual que la Virgen de Guadalupe, la abuela enojona intercede por ellos. Por el abuelo que no ha creído en nada desde las primeras elecciones del PRI. Por mi Daddy, el Periquín, tan flaco que necesita su siesta. Por la Tía Güera, que sólo hace unas horas estaba almorzando unos tacos de seso y cabrito en la lonchería después de irse de *party* toda la noche en la Zona Rosa. Por el Tío Chato, la negra oveja más negra—*Siempre recuerda a tu Tío Chato en tus oraciones.* Y Tío Baby —*Tú ve por mí, Mamá— a ti Dios te escucha.*

La abuela enojona hace un tiempo largo que se fue. Se esfumó detrás de la cortina de cuero pesada de ajuera y de la cortina empolvada de terciopelo de adentro. Tenemos que quedarnos cerca de la entrada de la iglesia. No debemos acercarnos a los vendedores de globos, tampoco a los de esas dizque pelotas con el hilo que se estira. No podemos gastarnos nuestro domingo en gorditas ni en *comics* de la Familia Burrón ni en esos pirulís transparentes de dulce que hacen que todo parezca un arcoiris cuando miras a través de ellos. No podemos escaparnos y pedir que nos saquen la *picture* montados en los caballitos de madera. No debemos subir pa'arriba por los escalones del cerro que 'ta detrás de la iglesia y jugar a la roña por el cementerio. Prometimos quedarnos aquí mismo, donde la abuela enojona nos dejó. Hasta que se le dé la gana regresar.

Hay gente que entra a la iglesia de rodillas. Unos con trapos gruesos amarrados a las piernas y otros con cojines, uno pa'poner la rodilla y el otro pa'aventar más delante. Hay mujeres con negros rebozos persinándose y despersinándose la señal de la Santa Cruz. Hay mares de penitentes que cargan retratos de la Virgen y arcos de flores mientras los músicos tocan esa música de juguete con sus pequeñas trompetas y tambores.

La Virgen de Guadalupe espera adentro protegida por un grueso vidrio. También hay un crucifijo de oro que se quedó bien *crooked* como el tronco de un mesquite porque alguien echó una bomba una vez. La Virgen de Guadalupe está en el altar mayor porque es un *big* milagro; el *crooked* crucifijo en un altar de al ladito porque es un *little* milagro.

Pero nosotros 'tamos ajuera en el sol. Mi *big brother*, Junior, acuclillado contra la pared con los ojos cerrados. Mi *little brother*, Kiks, corre alrededor en círculos.

Chance que lo más seguro es que mi hermanito se está imaginando que es uno de los voladores de Papantla, como los que vimos desprenderse, con sus plumas de colores, girando y girando desde un bien alto palo el día del *Happy Birthday* de la Virgen. Yo también quiero ser una danzante voladora emplumada, pero cuando él da una vuelta cerca de mí, grita: Soy un bombardero B-52, tú eres un alemán, y me dispara con una *machine gun* invisible. Yo preferiría jugar a los danzantes voladores emplumados, pero si se lo digo, es casi seguro que no quiera jugar conmigo pa'nada *no more*.

Niña. No podemos jugar con una *niña. Niña.* Es el insulto que'ora les gusta más a mis hermanos; ya no andan diciendo "maricón". Eres una *niña,* se gritan uno al otro. Avientas la pelota como una *niña.*

Ya me acostumbré a la idea de que soy un alemán cuando Kiks me pasa volado, esta vez gritando: Soy Flash Gordon. Tú eres Ming el Despiadado y las Gentes de Lodo. No me importa ser Ming el Despiadado, pero no me gusta ser las Gentes de Lodo. Algo me quiere salir por los ojos, pero no lo dejo. No quiero que me digan *niña.*

Dejo a Kiks corriendo en círculos—Soy *Lone Ranger* y tú eres *Tonto.* Dejo a Junior acuclillado y voy a buscar a la abuela enojona.

¿Por qué huelen las iglesias como lo de adentro de una oreja? ¿Como a incienso y a oscuridad y a velas en vidrio azul? ¿Y por qué huele a lágrimas l'agua bendita? La abuela enojona hace que me arrodille y junte las manos. El techo es alto y las oraciones de las gentes suben, suben y chocan como globos.

Si miro fijamente los ojos de los santos durante mucho rato, se mueven y me cierran el ojo, lo que me hace una especie de santa a mí también. Cuando me canso de santos mirones, cuento los pelos del bigote de la abuela enojona mientras reza por Tío Viejo, que se enfermó de la lombriz, y Tía Cuca, que sufre de una vida de penas que le dejaron la mitad de la cara chueca y la otra triste.

Debe haber una lista larga larga de parientes que no han ido a la iglesia. La abuela enojona teje los nombres de los muertos y de los vivos en una larga oración adornada con los nietos nacidos en aquel país bárbaro de costumbres bárbaras.

Pongo mi peso sobre una rodilla, luego sobre la otra y cuando se me ponen gordas como alfileteros, las despierto con una palmada. *Micaela, puedes esperar afuera con Alfredito y Enrique.* La abuela enojona siempre anda hablando en purititito español, que sólo lo entiendo si es que pongo atención. *¿Qué?* le pregunto en inglés, aunque no es propio ni educado. *¿What?* lo que la abuela enojona oye como *¿Guat?* Pero ella sólo me lanza una mirada y me empuja hacia la puerta.

Después de todo ese polvo y oscuridad, la luz de la plaza me hace entrecerrar los ojos como si saliera del cine. Mi hermano Kiks anda haciendo garabatos en el cemento con un pedazo de vidrio que aprieta con el tacón del zapato. Mi hermano Junior, acuclillado contra la entrada, anda hablando con una señora y un señor.

No son de aquí. Aquí las señoras no vienen a la iglesia de pantalones. Y claro que los señores no deben de usar *shorts* con todas las rodillas dejuera.

¿Quiere chicle? la señora le pregunta en un español demasiado grande para su boca.

Gracias. La señora le da un puñado de chicles gratis, cubitos de celofán de Chiclets, canela y aguamarina y los blancos que no saben a nada pero que sirven para hacer como que tienes dientes de conejo.

Por favor, dice la señora. ¿Un foto? señalando su cámara.

Sí.

Está tan ocupada tomando la foto de Junior que no nos ve a mí y a Kiks.

Hey, Michele, Keeks. You guys want gum?

¡Perou, *you speak English*!

Yeah, dice mi hermano, *we're Mericans.*

Somos mericanos, somos mericanos y allá adentro la abuela enojona reza.

Tepeyac

Cuando el cielo del Tepeyac abre sus primeras estrellas delgaditas y la oscuridad baja como tinta color azul japonés sobre las torres del campanario de la basílica de Nuestra Señora, sobre los fotógrafos de la plaza y sus telones de fondo con La Virgen de Guadalupe como recuerdo, sobre los globeros y sus globos que traen puestos sombreritos de papel, sobre los tronos de los boleros con sus toldos rojos, sobre los puestos de madera donde las mujeres fríen la comida en tinajas de aceite, sobre la tlapalería en la esquina de Misterios y Cinco de Mayo, cuando los fotógrafos han acarreado sus tripiés y cámaras de cajón, cuando se han llevado los caballitos de madera a quién sabe dónde, cuando los vendedores de globos los han vendido todos menos los más feos y han pastoreado los que quedan hasta sus casas, cuando los boleros se han cansado de acuclillarse sobre sus cajoncitos de madera y las mujeres de las fritangas han terminado de empacar los platos, el mantel y las ollas en la canasta grande de paja en que los trajeron, entonces el abuelito le dice al niño de pelo empolvado, *Arturo, ya cerramos* y con sus zapatos chuecos y los codos amoratados, Arturo baja las cortinas de metal corrugado con un palo—primero la de Misterios, luego la de Cinco de Mayo—como un párpado cerrado sobre cada puerta, antes de que el abuelito le diga que ya se puede ir.

Entonces llego yo, primero un zapato y luego el otro, sobre la gastada piedra del umbral, abrillantada en el centro por los huaraches de aquéllos que vienen por latas de pegamento y a que les afilen las tijeras, los que han pedido velas y latas de betún para botas, una bolsa de medio kilo de clavos, aguarrás, cucharas de peltre con motas azules, pinceles, papel fotográfico, un carrete de alambre para cuadros, aceite para lámpara y mecate.

El abuelito, bajo un foco pelón, bajo un techo empolvado de moscas, fuma su puro y cuenta los billetes suaves y arrugados como Kleenexes viejos, dinero ganado por las mujeres de la plaza que sirven la comida en platos de peltre, por los fotógrafos de recuerdos y sus telones de manta de Recuerdo del Tepeyac, por los boleros resguardados bajo sus reinos encapotados adornados con flecos, por los benditos vendedores de estampitas sagradas, rosarios, escapularios, altarcitos de plástico, por las hermanas de la caridad que viven en el convento de enfrente, cuenta y vuelve a contar en un susurro y pone el dinero en una bolsa de papel que nos llevamos a casa.

Tomo la mano del abuelito, gorda y con un hoyuelo en el centro como corazón de San Valentín, y caminamos más allá de la basílica, donde cada domingo la abuela prende velas por el alma del abuelito. Más allá del mismísimo lugar donde hace mucho Juan Diego bajó del cerro el milagro que hizo arrodillarse a todo el mundo, menos a mi abuelito, bajamos una cuadra por la avenida, más allá de las luces brillantes de la sastrería del señor Guzmán que todavía está trabajando en su máquina de coser, más allá de la dulcería donde compro mis gelatinas de leche y pasitas, más allá de la tortillería La Providencia adonde cada tarde nos mandan a Luz María y a mí por la canasta de tortillas para la comida, más allá de la casa de la viuda Márquez cuyo marido murió el invierno pasado de un tumor del tamaño del pequeño puño blanco de ella, más allá de la mamá de La Muñeca que riega sus famosas dalias con una manguera de hule rosa que suelta un hilo delgado de agua, hasta la casa de La Fortuna número 12, que siempre ha sido nuestra casa. Rejas de fierro verde que se garigolean y caracolean como las iniciales de mi nombre, rechinido y azotón familiares, encaje conocido de enredadera que crece sobre ellas, que se entrelaza excepto por un cuadrito que queda libre para la mano del cartero cuya cara nunca he visto, luego subimos los veintidós escalones que contamos juntos en voz alta—*one, two, three*—a la merienda de sopa de fideo y carne guisada—*four, five, six*—el vaso de café con leche—*seven, eight, nine*—la puerta cerrada contra la voz de loro histérico de la abuela—*ten, eleven, twelve*—nos quedamos dormidos como siempre lo hacemos mientras la televisión está murmurando—*thirteen, fourteen, fifteen*—el abuelito roncando—*sixteen, seventeen, eighteen*—la nieta, la que pronto se irá a ese país prestado—*nineteen, twenty, twenty-one*—aquélla a la que él no recordará, la que le es menos conocida—*twenty-two, twenty-three, twenty-four*—años después cuando la casa de La Fortuna número 12 haya sido vendida, cuando la tlapalería en la esquina de Misterios y Cinco de Mayo cambie de dueño, cuando la reja de garigoleos y arabescos del patio haya sido desmontada de las bisagras y reemplazada a su vez por una puerta de lámina de metal corrugado, cuando la viuda Márquez y la mamá de La Muñeca se muden, cuando abuelito se quede dormido por última vez—*twenty-five, twenty-six, twenty-seven*—años más tarde, cuando regrese a la tienda de la esquina de Misterios y Cinco de Mayo, repintada y convertida en farmacia, a la basílica que estará desmoronada y cerrada, a los fotógrafos de la plaza, los globeros y los tronos de los boleros, a las mujeres cuyas caras ya no reconozco sirviendo la comida en puestos de madera, a la casa de La Fortuna número 12, más pequeña y oscura que cuando vivíamos ahí, con los cuartos cerrados con tablas y alquilados a desconocidos, la calle súbitamente aturdida de coches y humo de diesel, las fachadas de las casas arañadas y los jardines marchitos, los niños que jugaban fútbol ya crecidos y en otro lugar.

Quién lo hubiera creído, después de tanto tiempo, que sería yo la que te recordaría, cuando todo lo demás se ha olvidado, a ti que te llevaste a tu cama de piedra algo irrecuperable, sin nombre.

II.

Una santa noche

Me importas tú y tú y tú
y nadie más que tú...

"Piel canela"
Interpretada por MARÍA VICTORIA
—BOBY CAPÓ

Una santa noche

Sobre la verdad: Si se la das a alguien, entonces ese alguien tiene poder sobre ti. Y si alguien te la da a ti, entonces se habrá convertido en tu esclavo. Es una magia poderosa. Nunca puedes desdecirte.

CHAC UXMAL PALOQUÍN

Dijo que se llamaba Chaq. Chaq Uxmal Paloquín. Eso me dijo. Que era de un linaje antiguo de reyes mayas. Aquí, me dijo, mientras dibujaba un mapa con el talón de la bota, de aquí vengo, de Yucatán, de las ciudades antiguas. Esto es lo que dijo Boy Baby.

Han pasado dieciocho semanas desde que abuelita lo echó a escobazos y lo que te estoy contando nunca se lo he contado a nadien, excepto a Raquel y a Lourdes, que saben todo. Dijo que me amaría como una revolución, como una religión. Abuelita quemó el carrito de la fruta y me mandó aquí, a millas de distancia de mi casa, a este pueblo de polvo, con una curandera llena de arrugas que me unta jade en la barriga y dieciséis primos metiches.

No sé cuántas niñas se han echado a perder por vender pepinos. Sé que no soy la primera. Mi madre también se fue por el camino chueco, según me dicen, y estoy segura de que mi abuelita tiene su propia historia, pero yo no soy nadien para preguntar.

Abuelita dice que es culpa de Tío Lalo, porque él es el hombre de la casa y si hubiera llegado a casa a tiempo como le correspondía y hubiera trabajado el carrito de la fruta los días que le tocaban y si hubiera cuidado a su ahijada, que es demasiado tonta para cuidarse a sí misma, no hubiera pasado nada y no me hubieran tenido que mandar a México. Pero Tío Lalo dice que si nunca se hubieran ido de México en primer lugar, la pura vergüenza hubiera bastado para que una niña no hiciera cosas del diablo.

Yo no digo que no sea mala. No digo que sea especial. Pero no soy como las muchachas de la calle Allport, que se paran en el quicio de las puertas y se meten en los callejones con los hombres.

Sólo sé que yo no quería que la cosa fuera así. No contra una pared de ladrillo o agachados en algún coche. Quería que se desatara como un hilo de oro, como una carpa llena de pájaros. Como debe de ser, como supe que sería cuando conocí a Boy Baby.

Pero debes saber que para entonces yo ya no era tan niña. Y Boy Baby ya no era tan niño. Chaq Uxmal Paloquín era todo un hombre. Cuando le pregunté que cuántos años tenía, dijo que no sabía. El pasado y el futuro son la misma cosa. Así que parecía niño y bebé y hombre al mismo tiempo y la manera como me veía, ¿cómo explicarlo?

Yo estacionaba el carrito de la fruta enfrente del supermercado Jewel todos los sábados. La primera vez, él compró un mango en un palito. Lo pagó con uno de a veinte nuevecito. El próximo sábado volvió. Dos mangos, jugo de limón y chile piquín, quédate con el cambio. El tercer sábado pidió una raja de pepino y se la comió despacito. No lo volví a ver hasta el día en que me trajo *Kool-Aid* en un vaso de plástico. Entonces supe lo que sentía por él.

Tal vez no te caería bien. A ti podría parecerte un vago. Tal vez tenía esa facha. Tal vez. Tenía los dedos gordos de la mano rotos y los otros dedos quemados. Tenía las uñas de las manos grasosas y gruesas de nunca cortárselas y el pelo empolvado. Y todos sus huesos eran fuertes como los de un hombre. Esperé cada sábado con mi mismo vestido azul. Vendía todo el mango y el pepino y entonces Boy Baby finalmente llegaba.

Nunca le pregunté por su pasado. Dijo que todo era lo mismo y que no importaba, el pasado y el futuro eran iguales para su gente. Pero la verdad tiene una manera extraña de perseguirte, de llegar hasta donde estás y hacerte escuchar lo que tiene que decir.

La noche. Boy Baby me cepilla el pelo y me habla en su lenguaje extraño porque me gusta oírlo. Lo que me gusta oírlo contar es por qué se llama Chaq, Chaq de la gente del Sol, Chaq de los templos y lo que dice suena a veces como barro roto y otras veces como palos huecos o como el silbido de plumas viejas que se desmoronan hasta convertirse en polvo.

Vivía atrás del taller automotriz Esparza & Sons, en un cuartito que antes era un clóset—cortinas de plástico rosas en una ventana angosta, un catre sucio cubierto de periódicos, una caja de cartón llena de calcetines y herramientas oxidadas. Fue ahí, bajo un foco pelón, en la trastienda del taller Esparza, en el cuarto sencillo con cortinas rosas, que me enseñó las armas—veinticuatro en total. Rifles y pistolas, un mosquete oxidado, una metralleta, varias armas pequeñas con mangos de madreperla que parecían de juguete. Para que veas quién soy, me dijo, mientras las ponía todas sobre la cama de periódicos. Para que entiendas. Pero yo no quería saber.

Las estrellas lo predicen todo, dijo. Mi nacimiento. El de mi hijo. El niño-criatura que rescatará la grandeza de mi gente de aquéllos que han roto las flechas, de aquéllos que han derribado las antiguas piedras de sus pedestales.

Entonces me contó cómo había rezado en la Pirámide del Adivino hace años cuando siendo niño su padre le había hecho prometer que restablecería las costumbres antiguas. Boy Baby había llorado en la oscuridad del templo consagrado sólo por los murciélagos. Boy Baby, que era hombre y niño entre las grandiosas y empolvadas armas, se acostó sobre la cama de periódicos y lloró por mil años. Cuando lo toqué, me miró con la tristeza de la piedra.

No debes decirle a nadien lo que voy a hacer, me dijo. Y lo que recuerdo después es cómo la Luna, la pálida Luna con su único ojo amarillo, la Luna de Tikal y Tulúm y Chichén, miraba fijamente a través de las cortinas de plástico rosa. Entonces algo me mordió por dentro y solté un grito como si la otra, la que yo ya no sería más, hubiera salido de mí de un salto.

De esta manera fui iniciada, debajo de un cielo antiguo, por un heredero grande y poderoso—Chaq Uxmal Paloquín. Yo, Ixchel, su reina.

La verdad es que no fue la gran cosa. Más bien no fue nada. Puse mis calzones ensangrentados dentro de mi camiseta y corrí a casa abrazándome. Pensé en muchas cosas camino a casa.

Pensé en el mundo entero y de cómo de repente me convertía en parte de la historia y me preguntaba si cada persona en la calle, la señora de la máquina de coser y las vendedoras de la panadería y la mujer con los dos niños sentada en la banca del camión no lo sabían ya. *¿Me veía diferente? ¿Me notaban algo?* Éramos todas las mismas de algún modo, riéndonos tras nuestras palmas, esperando como esperan todas las mujeres y, cuando nos enteramos, nos preguntamos por qué el mundo y un millón de años armaron tanto alboroto de tan poca cosa.

Ya sé que tenía que sentirme avergonzada, pero no me sentía avergonzada. Quería pararme encima del edificio más alto, del último último piso y gritar, *Ya sé.*

Entonces entendí por qué abuelita no me dejaba quedarme a dormir en casa de Lourdes, llena de demasiados hermanos, y por qué la muchacha romana de las películas siempre se zafa del soldado y qué pasa cuando las escenas en las películas de amor se empiezan a desvanecer y por qué las novias se sonrojan y cómo es que el sexo no es simplemente un cuadrito que marcas con una F o M en la prueba que nos hacen en la escuela.

Yo era sabia. Las niñas de la esquina seguían brincando sus bobos cuadritos de rayuela. Me reí por dentro y subí las escaleras de madera de dos en dos hasta el interior 2 donde yo y abuelita y Tío Lalo vivimos. Todavía me estaba riendo cuando abrí la puerta y abuelita me preguntó, ¿Dónde está el carrito?

Y entonces no supe qué hacer.

Qué bueno que vivimos en una colonia fea. Siempre hay vagos de sobra a quienes culpar de tus pecados. Si no pasó de la manera como lo conté, en verdad podría haber pasado. Buscamos y buscamos por todos lados a los muchachos que se habían robado mi carrito. La excusa no era la mejor, pero como lo tuve que inventar ahí mismo, en ese mismísimo instante con abuelita haciéndome un agujero en el corazón con su mirada penetrante, no estuvo tan mal.

Durante dos semanas tuve que quedarme en casa. Abuelita tenía miedo que los muchachos de la calle que se habían robado el carrito me anduvieran buscando otra vez. Luego pensé que podría ir al taller Esparza, sacar el carrito y dejarlo en algún callejón para que la policía lo encontrara, pero nunca me dejaron salir de la casa sola. Poco a poco, la verdad empezó a escurrirse como gasolina peligrosa.

Primero, la chismosa que vive arriba de la lavandería automática le dijo a mi abuelita que se le hacía que aquí había gato encerrado; el carrito que entraba en Esparza & Sons cada sábado al anochecer y cómo un hombre, el mismo indio moreno, el que nunca habla con nadie, caminaba conmigo cuando se metía el sol y empujaba el carrito al taller, ése que está ahí y sí, entrábamos, ahí donde la señora gorda que se llama Concha, con el pelo pintado de un duro azabache, señalaba ahora con un dedo gordo.

Recé por que no nos encontráramos a Boy Baby y como los dioses escuchan y por lo regular son buenos, Esparza dijo que sí, que un hombre como ése había vivido ahí pero ya se había ido; había empacado unas cuantas cosas y dejado el carrito en un rincón para pagar por la renta de su última semana.

Tuvimos que pagar $20 para que nos regresara el carrito. Luego, abuelita me obligó a contar la verdadera historia de cómo el carrito había desaparecido, todo lo cual conté esta vez, menos lo de aquella noche, de la que tuve que hablar de todos modos, semanas después, cuando rezaba para que la luna de mi ciclo regresara, pero no lo haría.

Cuando abuelita se enteró que yo iba a dar a luz, lloró hasta que los ojos se le hicieron chiquitos y le echó la culpa a Tío Lalo y Tío Lalo le echó la culpa a este país americano y abuelita le echó la culpa a la infamia de los hombres. Fue entonces cuando quemó el carrito de los pepinos y me llamó una sinvergüenza porque *no tengo* vergüenza.

Entonces lloré yo también—había perdido a Boy Baby para siempre—hasta que la cabeza me ardió del dolor y me quedé dormida. Cuando desperté, el carrito de los pepinos estaba hecho cenizas y abuelita me rociaba la cabeza con agua bendita.

Abuelita se despertaba temprano todos los días e iba al taller Esparza a ver si alguien tenía noticias de ese demonio, si Chaq Uxmal Paloquín había mandado alguna carta, cualquier carta, y cuando los otros mecánicos oyeron ese nombre se rieron y preguntaron si lo habíamos inventado, que nos podían dar unas cartas que habían llegado para Boy Baby, que no había dejado dirección a donde enviárselas, ya que se había ido tan de pronto.

Había tres. La primera, dirigida al "Residente", exigía pago inmediato por un recibo de luz de cuatro meses. La segunda la reconocí inmediatamente—un sobre gordo con cupones de masa instantánea para pasteles y muestras de suavizante de ropa—porque nosotros habíamos recibido uno idéntico. La tercera estaba dirigida en un español de patitas de araña a un tal señor C. Cruz, sobre un papel tan delgado que la podías leer a trasluz. El remitente, un convento en Tampico.

Es a esta persona a quien mi Abuelita escribió con la esperanza de encontrar al hombre que pudiera enderezar mi vida arruinada, para preguntar si las monjitas buenas acaso sabían el paradero de un tal Boy Baby—y si lo estaban escondiendo que de nada serviría porque los ojos de Dios ven a través de todas las almas.

No supimos nada por mucho tiempo. Abuelita me sacó de

la escuela cuando el uniforme me apretaba en la panza y dijo que era una desgracia que no me iba a poder graduar junto con las demás alumnas del octavo año.

A excepción de Lourdes y Raquel, de mi abuelita y mi Tío Lalo, nadien sabía nada de mi pasado. Me dormía en la cama grande que comparto con abuelita igual que siempre. Podía oír a abuelita y a Tío Lalo hablando en voz baja en la cocina, como si estuvieran rezando el rosario, de cómo me iban a mandar a México, a San Dionisio de Tlaltepango, donde tengo primos y donde fui concebida y donde hubiera nacido si mi abuelita no hubiera creído prudente mandar a mi madre aquí a los Estados Unidos para que los vecinos en San Dionisio de Tlaltepango no fueran a preguntar por qué se le había puesto su panza tan grande tan de repente.

Yo estaba contenta. Me gustaba quedarme en casa. Abuelita me estaba enseñando a tejer a gancho como lo había aprendido ella en México. Y justo cuando ya había dominado la dificultosa puntada de roseta, llegó la carta del convento con la mera verdad acerca de Boy Baby—por más que no la quisiéramos saber.

Nació en una calle sin nombre en un pueblo llamado Miseria. Su padre, Eusebio, es afilador. Su madre, Refugia, apila una pirámide de chabacanos y los vende sobre una manta en el mercado. Hay hermanos. Hermanas también, de las que sé poco. La menor, una carmelita, me escribe todo esto y reza por mi alma, por lo que sé que todo esto es cierto.

Boy Baby tiene treinta y siete años. Se llama Chato por tener la nariz aplastada. No hay sangre maya.

No creo que entiendan qué se siente ser mujer. No creo que sepan cómo es tener que esperar tu vida entera. Cuento los meses que faltan para que nazca el bebé y es como un anillo de agua dentro de mí que se extiende más y más hasta que un día la criatura se desprenderá de mí con sus propios dientes.

Ya puedo sentir al animal dentro de mí meneándose en su propio sueño disparejo. La curandera dice que son los sueños de las comadrejas los que hacen que mi hijo duerma como duerme. Me hace comer pan blanco bendecido por el cura, pero yo sé que es el espíritu de Boy Baby dentro de mí que da vueltas y vueltas y no me deja descansar.

Abuelita dijo que me mandaron aquí justo a tiempo, porque un poco más tarde Boy Baby regresó a nuestra casa a buscarme y ella tuvo que echarlo a escobazos. Lo siguiente que supimos fue que estaba en los recortes de periódico que mandó su hermana. Una foto suya con el semblante como si fuera piedra, con un policía enganchado en cada brazo ... *en camino a* Las Grutas de Xtacumbilxuná, *las Cuevas de la Niña Escondida ... once cuerpos de mujeres ... los últimos siete años...*

Luego ya no pude leer más, sino sólo mirar fijamente los puntitos negros y blancos que conforman la cara de quien estoy enamorada.

Todas mis primas aquí en México no me hablan o las que me hablan preguntan cosas que no están en edad como para saber que *no deben* preguntar. Lo que quieren saber en realidad es cómo es tener a un hombre, ya que les da demasiada vergüenza preguntárselo a sus hermanas casadas.

No saben lo que es estar acostada tan quieta hasta que la respiración dormida de él se hace pesada, lo que es para los ojos ver y ver en la penumbra, sin preocupación alguna, los huesos-hombre y el cuello, la muñeca-hombre y la mandíbula-hombre, dura y fuerte, todos los recovecos y hendiduras saladas, el pelo crespo de la ceja y el remolino agrio de las patillas, chupar los lóbulos gordos de la oreja que saben a humo y observar detenidamente qué perfecto es un hombre.

Les digo, "Es una broma pesada. Cuando se enteren se van a arrepentir".

Voy a tener cinco hijos. Cinco. Dos niñas. Dos niños. Y un bebé.

Las niñas se van a llamar Lisette y Maritza. A los niños les pondré Pablo y Sandro.

Y mi bebé. Mi bebé se va a llamar Alegre, porque la vida siempre será dura.

Raquel dice que el amor es como un gran piano negro que está rodando del techo de un edificio de tres pisos y tú estás abajo esperando a cacharlo. Pero Lourdes dice que no es así. Es como un trompo, como si todos los colores del mundo giraran tan rápidamente que ya no son colores y todo lo que queda es un zumbido blanco.

Había un hombre, un loco que vivía en el piso de arriba cuando nosotros vivíamos en South Loomis. No podía hablar, sólo caminaba por ahí todo el día con su armónica en la boca. No la tocaba. Sólo como que respiraba a través de ella, todo el día, soplando hacia dentro y hacia fuera, dentro y fuera.

Así es como me pasa a mí. Con el amor, digo.

Mi tocaya

¿Han visto a esta huerca? Deben haberla visto en los periódicos. O si no cuando trabajaba en el Father & Son's Taco Palace No. 2, en Nogalitos. Patricia Bernadette Benavídez, mi tocaya, cinco pies, 115 libras, trece años de edad.

No que fuera mi amiga ni nada de eso. Bueno, sí hablábamos. Pero eso era antes de que se muriera y luego regresara de entre los muertos. Te apuesto que lo leyeron o la miraron en la tele. Salió en los noticieros de todos los canales. Entrevistaron a cualquiera que la conociera. Hasta a la maestra de educación física que *tuvo* que decir cosas buenas—*Estaba llena de vida, una buena chica, muy dulce.* Tan dulce, considerando que era una zafada. Bueno ¿y por qué nadie me preguntó a mí?

Patricia Benavídez. Ella era la parte "son" del Father & Son's Taco Palace No. 2, aun antes de que el hijo (el *son*) *qüiteara.* Así fue como esta Trish heredó el gorrito de papel y el mandil blanco para después de la escuela y todos los fines de semana, aburrida, un poco triste, detrás de los mostradores altos donde los clientes masticaban parados como caballos.

Fíjate nomás, que ni eso me servía pa'que me diera lástima, sabes, aunque su padre sí era un bruto con ella. Pero ¿qué culpa tenía él? Una huerca que usaba aretes de fantasía y tacones con diamantes para ir a la escuela estaba condenada a tener broncas que nadie—ni Dios ni los reformatorios—podían componer.

Creo que la subieron dos grados y así es como llegó al *high school* sin que tuviera nada que ver con nosotras. Sabes, ese tipo de escuinclas siempre caen pesadas. Por ejemplo esta tocaya—se llama igual que yo, ¿verdá? Pero ¿tú crees que ella misma se nombraría la Pati o Patty o algo normal? No, tiene que ser diferente. Dice que se llama "Tri-ish". También se inventó un acentito inglés muy muy, todo sexy y resbaloso como si fuera una Marilyn Monroe de allá de Inglaterra. Bien payasa. Te digo, ¿quién ha oído de una mexicana con un pinche acento de esos? ¿Me entiendes? Me caía sura la *girl*.

Pero si la agarrabas a solas y le decías, *Pa-tri-cia*—siempre me fijaba de decirlo en español—*Pa-tri-cia, ya párale con todo este pedo.* Si la agarrabas así sin público, bueno, pues entonces era más o menos o.k.

Miren, así es como la aguanté cuando la conocí, justo antes de que se largara. Se escapó de condenarse de por vida en esa taquería. Se cansó de llegar a casa con ese hedor a *crispy* tacos. Pues con razón se largó. A mí tampoco me gustaría apestar a *crispy* tacos.

Quién sabe qué tanto tuvo que aguantarse la huerca. Tal vez su papá le echaba de golpes. Le daba sus buenas palizas al hermano, eso sí lo sé. O por lo menos era cosa de los dos y seguido se agarraban a chingazos. Fue uno de esos pleitos a trancazos que finalmente hizo que el muchacho se largara para siempre, aunque lo más seguro es que él también estaba fastidiado de apestar a *crispy* tacos. Eso es lo que creo yo.

Luego, unas semanas después de que el hermano se largara, esta tocaya mía tiene su foto en todos los periódicos, como las de los niños perdidos en los cartones de leche:

> ¿HA VISTO A ESTA NIÑA?
>
> Patricia Bernadette Benavídez, 13 años de edad, desapareció desde el martes 11 de noviembre y su familia está muy preocupada por ella. Se cree que la niña, que es una alumna de la Our Lady of Sorrows High School, se escapó de su casa y la última vez que la vieron caminaba a la escuela en el área de Dolorosa y Soledad. Patricia mide 5 pies, pesa 115 libras y vestía una chamarra de mezclilla, falda de uniforme azul a cuadros, blusa blanca y tacones altos [*probablemente con diamantes*] cuando desapareció. Su madre, Delfina Benavídez, le envía este mensaje: "Honey, llama a mami y te quiero mucho".

Qué gentes.

¿Y a mí qué diablos me importaba que la Benavídez se hubiera largado? No me hubiera agüitado. Si no fuera por Max Lucas Luna Luna, un estudiante que estaba por graduarse de la Holy Cross para varones, la escuela hermana de la nuestra. A veces hacían intercambios con nosotras. Provocaciones es lo que eran. Pinches Pláticas de Sexo es lo que nosotros las llamábamos, pero las hermanas las llamaban diferente—*Youth Exchanges*—Intercambios Juveniles. Como cuando invitaban a algunos de los muchachos de Holy Cross para que vinieran a Teología y algunas de nosotras de la Sorrows íbamos a su escuela. Y hacíamos como que estábamos bien interesadas en el tema "La Santísima Virgen: Modelo a seguir para la mujer joven de hoy", "El besuqueo: Demasiado lejos, demasiado aprisa, demasiado tarde", "El rocanrol *Heavy Metal* y el diablo". Mierdas de ésas.

No todos los días. Sólo de vez en cuando como una especie de experimento. La escuela católica tenía miedo de mezclarnos demasiado, por aquello de las hormonas alborotadas. Eso dijo la hermana Virginella. Si no se pueden comportar como señoritas decentes cuando lleguen nuestros invitados, tendremos que suspender indefinidamente los Intercambios Juveniles. Se prohibe chiflar, manosear o patear de aquí en adelante, *¡¡¡¿está claro?!!!*

Miren, lo único que sé es que él tiene estas caderitas del mismo tamaño desde que tenía como doce años yo creo. Cinturita y nalguitas bien exquisitas y dulces como unas barritas de chocolate Hershey. ¡Chinelas! Eso es lo que me acuerdo.

Siempre sale que Max Lucas Luna Luna vive al lado de la mocosa. Te digo, antes ni siquiera me había tomado la molestia de hablar con Patricia Benavídez, aunque estábamos en la misma sección de Introducción al Comercio. Pero un día llega a la cafetería cuando estaba esperando mis papas fritas y me dice:

Hey, tocaya, ¿sabes qué? Conozco a alguien que cree que eres sexy.

Ay tú, le digo, tratando de no hacerle caso. No quiero que nadie me vea hablando con la mosca.

¿Conoces a un chamaco de la Holy Cross que se llama Luna, el que vino al intercambio de Teología? ¿El chulo de cola de caballo?

¿Y qué?

Bueno, pues él y mi hermano Ralphie son camaradas, y él le dijo a Ralphie que no le dijera a nadie pero que cree que Patricia Chávez está bruta.

Mentirosa.

De verdá, por Diosito Santo. Si no me crees, nomás pregúntale a mi hermano Ralphie.

¡N'hombre! Esa chingadera bastó para que me volviera la mejor amiga de Trish Benavídez pa'toda la vida, te lo juro.

Después de eso, *siempre* me fijaba de llegar temprano a la clase de Comercio. Casi siempre tenía algo que decirme y, si no, me fijaba de darle algo para que se lo diera a Max Lucas Luna Luna. Pero todo iba tan despacito despacito porque la pobre niña trabajaba de sol a sol y no tenía tampoco gran vida social que digamos.

Así fue como esta Patricia Bernadette llegó a ser nuestra mensajera de am*mmor* por un rato, aunque yo y Max Lucas Luna Luna no habíamos pasado de la etapa de me gustas/¿te gusto? En realidad, ni siquiera nos habíamos visto desde la última Pinche Plática de Sexo, pero yo ya mero me iba a aventar.

Sabía que vivían ahí por el barrio de Montevista. Así que andaba en mi bicicleta pa'arriba y pa'abajo por las calles—Magnolia, Mulberry, Huisache, Mistletoe—preguntándome si iba caliente o fría. Sólo saber que Max Lucas Luna Luna podría aparecerse, bastaba para que la sangre me burbujeara de contenta.

La semana en que empiezo a dar vueltas por el Father & Son's Taco Palace No. 2, es cuando ella decide largarse. Primero escuchamos un anuncio de la Hermana Virginella por los altavoces: *Siento tener que anunciarles que una de nuestras alumnas más jóvenes y queridas se ha extraviado de su casa. Mantengámosla en nuestro corazón y en nuestras oraciones hasta que regrese sana y salva.* Aquélla fue la primera vez que salió su foto en el periódico con el recado llorón de su 'amá.

A mí qué, verdá, me daba igual que se hubiera escapado. Pero la mera es que me quedó debiendo. Ya me había amolado antes pero 'ora sí que me jodió. Por lo menos *antes* tenía yo la esperanza de que me hiciera buena la promesa de arreglarme el ligue con Max Lucas Luna Luna. Pero justo cuando yo ya podía volver a pronunciar su nombre sin escupir, se le mete en la cabeza morirse. Unos niños estaban jugando en la cuneta del desagüe y encuentran un cuerpo y sí, es ella. Cuando las cámaras de televisión llegan a nuestra escuela, allá van todas las dramáticas que se creen la gran caca chillando lágrimas de verdad, hasta las que ni la conocían. Pa'qué te cuento.

Bueno, después de todo este borlote me dio lástima la cabrona ya que estaba muerta, ¿verdá? Digo, ya que se me había pasado el berrinche, sabes. Hasta que se levantó de entre los muertos tres días después.

Ya que habían enseñado a su 'amá en la tele llorando con un pañuelo arrugado y a su 'apá diciendo: "Era mi princesita", y después de que las alumnas nos tuvimos que gastar el dinero que juntamos pa'l viaje a Padre Island pa'que se comprara un ramo de gladiolas blancas con un banderín que decía VIRGENCITA, CUÍDALA y que toda la pinche escuela se tuvo que recetar una misa solemne en su honor, mi tocaya se avienta. Aparece en la delegación de policía del centro y dice: Que no estoy difunta.

¿Tú crees? Y eso que sus papás habían identificado el cuerpo en la morgue y todo. "Creo que estábamos demasiado afligidos para examinar el cuerpo como es debido". ¡Ja!

A fin de cuentas nunca llegué a conocer a Max Lucas Luna Luna y qué, ¿verdá? Lo único que estoy diciendo es que ni siquiera podía morirse bien la hocicona. Pero ¿de quién es la carota famosa que está en la primera plana del *San Antonio Light*, del *San Antonio Express News* y del *Southside Reporter*? Ni te cuento, *girl*.

III.

Érase un hombre, érase una mujer

Me estoy muriendo
y tú, como si nada...

"Puñalada trapera"
Interpretada por LOLA BELTRÁN
—TOMÁS MÉNDEZ SOSA

El arroyo de la Llorona

El día en que Don Serafín le dio permiso a Juan Pedro Martínez Sánchez de llevarse a Cleófilas Enriqueta DeLeón Hernández como su novia, saliendo por el umbral de la casa de su padre, a lo largo de varios kilómetros de camino de terracería y varios kilómetros de pavimento, cruzada la frontera y más allá, hasta llegar a un pueblo del otro lado—ya adivinaba la mañana en que su hija levantaría la mano para cubrirse los ojos, miraría hacia el sur y soñaría con regresar a las tareas sin fin, a los seis hermanos buenos para nada y a las quejas de un viejo.

Él había dicho, después de todo, en el bullicio de la despedida: Soy tu padre, nunca te abandonaré. Lo *había* dicho, ¿no es verdad?, cuando la abrazó y después la dejó ir. Pero en ese momento Cleófilas estaba ocupada buscando a Chela, su dama de honor, para llevar a cabo su conspiración del ramo de novia. No recordaría las palabras de despedida de su padre hasta después. *Soy tu padre, nunca te abandonaré.*

Sólo ahora como madre lo recordaba. Ahora, cuando ella y Juan Pedrito se sentaban a la orilla del arroyo. Cómo puede suceder que cuando un hombre y una mujer se aman a veces ese amor se agria. Pero el amor de un padre por un hijo o del hijo por sus padres, es otra cosa muy distinta.

Cleófilas pensaba en eso las noches cuando Juan Pedro no llegaba a casa y ella se recostaba en su lado de la cama y escuchaba el hueco rugir de la autopista, el ladrido de un perro en la distancia, el susurro de los nogales pacaneros, como señoritas de enaguas con crinolina—shh-shh-shh, shh-shh-shh—arrullándola hasta quedarse dormida.

En el pueblo donde creció no hay gran cosa que hacer más que acompañar a las tías y a las madrinas a la casa de una o la otra a jugar cartas. O caminar al cine para ver otra vez la película de la semana, salpicada de manchas y con un pelo temblando fastidiosamente en la pantalla. O ir al centro a pedir una malteada que reencarnará en un día y medio como un grano en la espalda. O a la casa de la amiga a ver el capítulo de la última telenovela y tratar de copiar la manera en que las mujeres se arreglan el cabello, se maquillan.

Pero lo que Cleófilas ha estado esperando, lo que ha estado susurrando y suspirando y balbuceando entre risas, lo que estuvo esperando desde que tenía edad para recargarse contra los aparadores de gasa y mariposas y encaje, es la pasión. No una pasión como la de las portadas de la revista *¡Alarma!*, si me perdonas, donde retratan a la amante junto al tenedor ensangrentado que usó para salvar su honra: Sino la pasión en su esencia cristalina más pura. Como la que describen los libros y las canciones y las telenovelas donde uno encuentra, finalmente, el gran amor de su vida y hace todo lo posible, lo que debe hacer, cueste lo que cueste.

Tú o nadie. Es el título de la telenovela favorita del momento. La hermosa Lucía Méndez tiene que soportar toda índole de sufrimientos del corazón, separación y desengaño y ama, siempre ama, pase lo que pase, porque *eso* es primordial y, ¿viste a Lucía Méndez en el comercial de la aspirina Bayer?—¿no se veía guapísima? ¿Se pinta el cabello tú crees? Cleófilas va a ir a la farmacia a comprar un enjuague para el cabello; su amiga Chela se lo va a aplicar—no es nada difícil. Porque no viste el capítulo de anoche cuando Lucía confesó que lo amaba más que a nadie en su vida. ¡En su vida! Y canta la canción *Tú o nadie* al principio y al final del capítulo. Tú o nadie. Supongo que así es como deberíamos vivir nuestras propias vidas, ¿no? Tú o nadie. Porque sufrir de amor es bueno. De alguna manera, el dolor es dulce. Al final.

Seguín. Le había gustado el sonido de esa palabra. Lejana y encantadora. No como Monclova, Coahuila. Feas.

Seguín, Tejas. Un sonido agradable de repiqueteo de plata. El tintineo del dinero. Iba a poder usar vestidos como los de las mujeres de la tele, como Lucía Méndez. Y tener una casa divina y mira que si no iba a ponerse celosa Chela.

Y sí, irían en coche hasta Laredo para conseguir su ajuar de novia. Eso dicen. Porque Juan Pedro quiere casarse luego luego, sin un noviazgo muy largo ya que no puede faltar mucho tiempo al trabajo. Tiene un puesto muy importante en Seguín en, en... una compañía cervecera, creo. ¿O era de llantas? Sí, tiene que regresar. Para que puedan casarse en la primavera cuando puede faltar al trabajo y entonces se irán en su camioneta *pick-up* nueva—¿la viste?—hasta su casa nueva en Seguín. Bueno, no exactamente nueva, pero la van a pintar. Ya sabes cómo son los recién casados. Pintura nueva y muebles nuevos. ¿Y por qué no? Él tiene con qué. Y tal vez después agreguen un cuarto o dos para los niños. Que Dios les dé muchos.

Bueno, ya verás. Cleófilas siempre ha sido tan buena con la máquina de coser. Un poquito de rrr, rrr, rrr con la máquina y ¡zas! Milagros. Siempre ha sido tan lista, esa muchacha. Pobrecita. Y eso que no tiene siquiera una madre que le aconseje sobre cuestiones como la noche de bodas. Bueno, que Dios la ayude. Entre ese padre cabeza de burro y esos seis hermanos atarantados. Bueno, ¡y tú qué crees! Sí, voy a ir a la boda. ¡Claro! El vestido que voy a usar sólo se tiene que arreglar un poquitín para ponerlo a la moda. Sabes, vi un estilo nuevo anoche que creo que me favorecería. ¿Viste el capítulo de anoche de *Los ricos también lloran*? Bueno, ¿te fijaste en el vestido que lucía la mamá?

La Llorona. Qué nombre tan extraño para un arroyo tan hermoso. Pero así le decían a ese arroyo que pasaba por detrás de la casa. Aunque nadie podía decir si la mujer había llorado de coraje o de dolor. Los de ahí sólo sabían que el arroyo que uno cruzaba camino a San Antonio y luego otra vez al volver se llamaba *Woman Hollering Creek,* el arroyo de la Llorona, un nombre que nadie de estos lugares ponía en duda, mucho menos entendía. *Pues, allá de los indios, quién sabe*—la gente del pueblo se encogía de hombros, porque no era asunto suyo cómo fue que este chorrito de agua había recibido su curioso nombre.

¿Para qué quieres saber? Trini, la encargada de la lavandería automática preguntó en el mismo español brusco que usaba siempre que le daba cambio a Cleófilas o le gritaba por algo. Primero por poner demasiado jabón en las máquinas. Después por sentarse sobre una lavadora. Y aun después, ya que Juan Pedrito había nacido, por no entender que en este país no puedes dejar que tu bebé camine por ahí sin pañales y con el pipí de fuera, no era propio, ¿entiendes? Pues.

Cómo podía Cleófilas explicarle a una mujer así por qué el nombre *Woman Hollering* le fascinaba. Bueno, no tenía caso hablar con Trini.

Por otro lado estaban las vecinas, una a cada lado de la casa que rentaban cerca del arroyo. La señora Soledad a la izquierda, la señora Dolores a la derecha.

A la vecina Soledad le gustaba decir que era viuda, aunque cómo llegó a serlo era un misterio. Su esposo o se había muerto o se había huido con una cualquiera de esa cantina que le dicen el *ice-house.* O simplemente había salido por cigarros una tarde y no había vuelto. No se sabía cuál, ya que Soledad, por lo general, no lo mencionaba.

En la otra casa vivía la señora Dolores, amable y muy buena, pero su casa olía demasiado a incienso y a velas de sus altares que ardían sin cesar en memoria de dos hijos que habían muerto en la última guerra y un esposo que había muerto de pena poco después. La vecina Dolores dividía su tiempo entre la memoria de estos hombres y su jardín, famoso por sus girasoles—tan altos que tenían que sostenerlos con palos de escoba y tablas viejas; sus amarantos rojos rojos, con flecos sangrantes de un espeso color menstrual; y, especialmente, las rosas cuyo aroma triste hacía que Cleófilas recordara a los muertos. Cada domingo, la señora Dolores cortaba las flores más hermosas y las arreglaba sobre tres tumbas modestas en el panteón de Seguín.

Las vecinas, Soledad, Dolores, podrían haber sabido alguna vez el nombre del arroyo antes de que todo el mundo lo nombrara en inglés, pero no lo recordaban. Estaban demasiado ocupadas recordando a los hombres que se habían ido, ya fuera por decisión propia o por las circunstancias, y que nunca regresarían.

Dolor o coraje, se preguntó Cleófilas de recién casada cuando al pasar en coche por el puente la primera vez Juan Pedro se lo hizo notar. *La Llorona,* había dicho, y ella se había reído. Un nombre tan raro para un arroyo tan bonito y tan lleno de colorín colorado y vivieron felices para siempre.

La primera vez se había sorprendido tanto que no había gritado ni había intentado defenderse. Ella siempre había dicho que devolvería los golpes si un hombre, cualquier hombre, la golpeara.

Pero cuando llegó el momento y el la cacheteó una vez y luego otra y otra hasta que el labio se abrió y sangró una orquídea de sangre, ella no le contestó, no se soltó llorando, no huyó como se imaginaba que lo haría cuando veía esas cosas en las telenovelas.

En su propia casa, sus padres nunca se habían levantado la mano ni tampoco lo habían hecho contra sus hijos. Aunque sabía que la podrían haber criado sin muchas exigencias como hija única—la consentida—había ciertas cosas que nunca toleraría. Nunca.

En cambio, cuando sucedió por primera vez, cuando apenas eran marido y mujer, se llevó tal sorpresa que se quedó pasmada, muda, inmóvil. No había hecho más que tocar el calor en su boca y mirar fijamente la sangre en la mano como si ni siquiera entonces lo entendiera.

No se le ocurrió qué decir, no dijo nada. Sólo acarició los rizos oscuros del hombre que lloraba y volvería a llorar como un niño, sus lágrimas de arrepentimiento y vergüenza, esta y cada vez.

Los hombres en el *ice-house*. Según lo que ella puede adivinar, de las pocas veces en que la invitan durante su primer año de casada y acompaña a su esposo, se siente ajena a su conversación, espera y da traguitos de cerveza hasta que ésta se entibia, tuerce una servilleta de papel para hacer un nudo, luego otra para un abanico, luego otra para una rosa, asiente con la cabeza, sonríe, bosteza, sonríe educadamente, se ríe en los momentos apropiados, se recarga contra la manga de su esposo, tira de su codo y finalmente aprende a predecir a donde va a llevar la plática, de esto Cleófilas concluye que cada uno intenta cada noche encontrar la verdad que yace en el fondo de la botella, como si fuera un doblón de oro en el fondo del mar.

Quieren decirse lo que se quieren decir a sí mismos. Pero eso que choca como un globo de helio contra el techo del cerebro nunca encuentra el camino de salida. Burbujea y se levanta, gorjea en la garganta, rueda por la superficie de la lengua y estalla de los labios—un eructo.

Si tienen suerte, hay lágrimas al final de la noche larga. En cualquier momento, los puños tratan de hablar. Son perros que persiguen su propia cola antes de echarse a dormir: Tratando de encontrar una manera, una ruta, una escapatoria y—finalmente—un poco de paz.

En la mañana a veces antes de que él abra los ojos. O después de hacer el amor. O tal vez sencillamente cuando él está sentado frente a ella en la mesa metiéndose un bocado y masticando. Cleófilas piensa: Éste es el hombre al que he esperado toda mi vida.

No que no sea un hombre bueno. Ella tiene que hacerse recordar por qué lo ama mientras cambia los Pampers del bebé o cuando trapea el piso del baño o intenta hacer cortinas para las entradas sin puertas o cuando blanquea las sábanas. O duda un poco cuando él patea el refrigerador y dice que odia esta pinche casa y que se va a donde no lo molesten los chillidos del bebé y las preguntas recelosas de ella y sus súplicas para que componga esto y esto y esto porque si no fuera tan burra, se daría cuenta de que él ha estado despierto desde antes de que el gallo cante para ganar lo suficiente para poder pagar la comida que a ella le llena el estómago y el techo que la cubre y que tendrá que volver a madrugar al día siguiente así que por qué carajos no me dejas en paz, mujer.

No es muy alto, no, y no se parece a los hombres de las telenovelas. Su cara todavía cacariza por el acné. Y está un poco barrigón de toda la cerveza que toma. Bueno, siempre ha sido fornido.

Este hombre que se echa pedos y eructa y ronca así como se ríe y la besa y abraza. De alguna manera este esposo cuyos bigotes encuentra cada mañana en el lavabo, cuyos zapatos tiene que airear cada noche en el porche, este esposo que se corta las uñas en público, que ríe ruidosamente, que echa de maldiciones como un hombre y exige que le cambien el plato en las comidas como se hacía en casa de su madre en cuanto llega a casa, no importa si a tiempo o tarde, y a quien no le importa en lo absoluto la música o las telenovelas o el romance o las rosas o la luna que flota aperlada sobre el arroyo o a través de la ventana de la recámara, para el caso da igual, cierra las persianas y vuélvete a dormir, este hombre, este padre, este rival, este guardián, este amo, este señor, este patrón, este esposo por los siglos de los siglos.

Una duda. Ligera como un cabello. Una taza lavada y colocada al revés en la repisa. Su lápiz labial, su talco y su cepillo arreglados en el baño de una manera distinta.

No. Es su imaginación. La casa igual que siempre. Nada.

Al regresar a casa del hospital con su hijo recién nacido y su esposo. Algo reconfortante al descubrir sus pantuflas bajo la cama, la gastada bata de casa donde la dejó, en la percha del baño. Su almohada. La cama de ambos.

La dulce, dulce llegada a casa. Dulce como el aroma de polvo facial en el aire, jazmín, licor pegajoso.

La huella emborronada sobre la puerta. Un cigarro apachurrado en un vaso. La arruga en el cerebro se vuelve doblez permanente.

A veces ella piensa en la casa de su padre. ¿Pero cómo podría regresar allá? Qué desgracia. ¿Qué dirían los vecinos? Regresar a casa así, con un bebé en brazos y otro en el horno. ¿Dónde está tu marido?

El pueblo de chismes. El pueblo del polvo y la desesperanza. Al que ella había cambiado por este otro pueblo de chismes. Este pueblo de polvo, desesperación. Las casas más separadas tal vez, pero no por eso más resguardadas. Sin un zócalo frondoso en el centro, aunque el murmullo de las habladas se oye igual de bien. Sin cuchicheos apiñados en las escaleras de la iglesia cada domingo. Porque aquí, en lugar de eso, el cuchicheo empieza en el *ice-house,* al atardecer.

Este pueblo, con su orgullo tonto por una nuez de bronce del tamaño de una carriola de bebé frente al ayuntamiento. El taller de reparación de televisores, la farmacia, la tlapalería, la tintorería, el consultorio del quiropráctico, la vinatería, la oficina de fianzas, un local vacío y nada, nada, nada de interés. Nada a lo que se pueda llegar a pie, de cualquier modo. Porque aquí los pueblos están salpicados para que tengas que depender de los esposos. O te quedas en casa. O manejas un coche. Eso si eres tan rica como para tener coche y permiso del marido para manejarlo.

No hay a donde ir. A menos que uno cuente a las vecinas: Soledad a un lado, Dolores al otro. O el arroyo.

No vayas ahí después del anochecer, mi'jita. Quédate cerca de la casa. No es bueno para la salud. Mala suerte. Mal aire. Te vas a enfermar y el bebé también. Vas a agarrar susto vagando por ahí en la oscuridad y entonces verás que teníamos razón.

A veces en el verano, el arroyo es sólo un charco lodoso, aunque ahora en la primavera, gracias a las lluvias, se convierte en una cosa viva de buen tamaño, una cosa con voz propia que llama todo el día y toda la noche con su voz aguda y plateada. ¿Será la Llorona? La Llorona, que ahogó a sus propios hijos. Tal vez nombraron al arroyo por la Llorona, piensa ella, y recuerda todas las leyendas que aprendió de niña.

La Llorona la llama. De eso está segura. Cleófilas pone sobre el zacate la cobija del bebé con su pato Donald. Escucha. El cielo diurno se torna noche. El bebé arranca puños de zacate y ríe. La Llorona. Se pregunta si algo tan tranquilo como esto puede impulsar a una mujer a la oscuridad que acecha bajo los árboles.

Lo que necesita es... e hizo un ademán como si se jalara a los genitales el trasero de una mujer. Maximiliano, ese imbécil apestoso que vive del otro lado de la carretera, fue el que lo dijo y todos los hombres soltaron la carcajada. Pero Cleófilas sólo gruñó: Grosero, y siguió lavando los platos.

Sabía que él no lo había dicho porque fuera cierto, sino más bien porque era él el que necesitaba acostarse con una mujer en lugar de emborracharse todas las noches en el *ice-house* y luego tambalearse solo rumbo a casa.

Se decía que Maximiliano había matado a su esposa en un pleito en el *ice-house* cuando ella se le dejó venir con un trapeador. Tuve que disparar, dijo—estaba armada.

Las risas entran por la ventana de la cocina. La de su esposo, la de sus amigos. Manolo, Beto, Efraín, el Perico. Maximiliano.

¿Sería cierto que Cleófilas exageraba, como su esposo siempre decía? Parecía que los periódicos estaban llenos de historias así. Esta mujer encontrada al lado de la carretera. Esta otra arrojada de un coche en movimiento. El cuerpo de ella, ésta inconsciente, aquélla azul amoratada. Su ex esposo, su esposo, su amante, su padre, su hermano, su tío, su amigo, su compañero de trabajo. Siempre. Las mismas noticias espantosas en las páginas de los periódicos. Hundió un vaso en el agua jabonosa por un instante—y tembló.

Le había lanzado un libro. Un libro de ella. Desde el otro lado del cuarto. Un verdugón caliente en la mejilla. Podía perdonarle eso. Pero lo que más la hirió fue el hecho de que el libro era *suyo,* una historia de amor de Corín Tellado, lo que más le gustaba desde que vivían en los Estados Unidos, sin una televisión, sin las telenovelas.

Excepto algunas veces, cuando su esposo estaba fuera y se las arreglaba para echar un vistazo a algunos capítulos en casa de la vecina Soledad, porque a Dolores no le llamaban la atención ese tipo de cosas, aunque Soledad casi siempre era tan amable de contarle lo que había pasado en tal capítulo de *María de nadie,* la pobre muchacha de pueblo argentina que tuvo la mala fortuna de enamorarse del guapo hijo de la familia Arrocha, la mismísima familia donde trabajaba, bajo cuyo techo dormía y cuyos pisos aspiraba mientras, en esa misma casa, con las escobas y el jabón de piso como testigos, el Juan Carlos Arrocha de la mandíbula cuadrada había pronunciado palabras de amor, te amo, María, escúchame, mi querida, pero fue ella la que tuvo que decir No, no, no somos de la misma clase y recordarle que no era su lugar ni el de ella enamorarse y mientras tanto su corazón se hacía pedazos, te imaginas.

Cleófilas pensó que su vida iba a tener que ser así, como una telenovela, sólo que ahora los capítulos eran cada vez más y más tristes. Y no había siquiera comerciales para poder relajarse y sonreír. Y no se vislumbraba un final feliz. En esto pensaba mientras estaba sentada afuera con el bebé junto al arroyo detrás de la casa. ¿Cleófilas de...? Pero iba a tener que cambiarse el nombre a Topacio o Yesenia, Cristal, Adriana, Estefanía, Andrea, algo más poético que Cleófilas. Todo les pasaba a las mujeres con nombres de joyas. ¿Pero qué le pasaba a una Cleófilas? Nada. Solamente un porrazo en la cara.

Porque lo ha dicho el doctor. Tiene que ir. Para asegurarse de que el nuevo bebé esté bien, para que no haya ningún problema cuando nazca y la tarjeta con la cita dice el próximo martes. Podría llevarla, por favor. Nada más.

No, no lo va a mencionar. Se lo promete. Si el doctor le pregunta, le puede decir que se cayó de las escaleras de la entrada o que se resbaló cuando estaba en el patio trasero, que se patinó allá atrás, le podría decir eso. Tiene que regresar el próximo martes, Juan Pedro, por favor, por el nuevo bebé. Por su hijo.

Tal vez podría escribirle a su padre y pedirle dinero, sólo un préstamo para los gastos médicos del nuevo bebé. Bueno pues si prefiere que no lo haga. Bueno está bien, no lo hará. Por favor, no lo vuelvas a hacer. Por favor, no. Ella sabe lo difícil que es ahorrar dinero con todos los gastos que tienen, pero ¿de qué otro modo van a salir de deudas con el pago de la camioneta? Después de pagar la renta y la comida y la luz y la gasolina y el agua y el qué se yo, bueno, casi no sobra nada. Pero, por favor, por lo menos para la visita al doctor. No le pedirá ninguna otra cosa. Tiene que. ¿Por qué está tan ansiosa? Porque.

Porque se va a asegurar de que esta vez el bebé no esté volteado al revés y la parta en dos. Sí. El próximo martes a las cinco y media. Tendré a Juan Pedrito vestido y listo. Pero sólo tiene esos zapatos. Los voy a bolear y estaremos listos. Tan pronto como llegues del trabajo. No te avergonzaremos.

¿Felice? Soy yo, Graciela.

No, no puedo hablar más fuerte. Estoy en el trabajo.

Mira, necesito un favorcito. Hay una paciente, una señora aquí que tiene un problema.

Bueno, *wait a minute*. ¿Me estás escuchando o qué?

No puedo hablar muy fuerte porque su esposo está en el otro cuarto.

Bueno, ¿por qué no me escuchas?

Le iba a hacer un sonograma—está embarazada, ¿verdad? —y que se me suelta llorando. ¡Híjole, Felice! Esta pobre señora tiene moretones azules y negros por todos lados. *I'm not kidding*. No te estoy vacilando.

De su esposo. ¿De quién más? Otra de esas novias del otro lado de la frontera. Y toda su familia está en México.

Shit. ¿Tú crees que la van a ayudar? *Give me a break*. Esta señora ni siquiera habla inglés. No la dejan llamar a su casa, ni escribir, ni nada. Por eso te llamo.

Necesita un aventón.

No a México, mensa. Sólo a la estación de autobuses Greyhound. En San Anto.

No, sólo un aventón. Tiene dinero. Todo lo que tendrías que hacer es dejarla en San Antonio de camino a tu casa. *Come on,* Felice. *Please?* Si no la ayudamos nosotras, ¿entonces quién? Yo misma la llevaría, pero tiene que tomar el autobús antes de que su esposo llegue del trabajo a casa. ¿Qué dices?

No sé. *Wait.*

Ahorita mismo, incluso mañana.

Bueno, si no puedes mañana...

Entonces ya quedamos, Felice. El jueves. En la tienda *Cash N Carry* sobre la autopista I-10. A mediodía. Estará lista.

Oh, y se llama Cleófilas.

No sé. Una de esas santas mexicanas, supongo. Una mártir o algo así.

Cleófilas. C-L-E-Ó-F-I-L-A-S. Cle. Ó. Fi. Las. Apúntalo.

Thanks, Felice. Cuando nazca el *baby* tendrá que ponerle nuestros nombres, ¿no?

Sí oye, así es la cosa. A veces como tu típica telenovela. Qué vida, comadre. Bueno, *bye.*

Toda la mañana ese revoloteo de mitad miedo, mitad duda. En cualquier momento podría aparecer Juan Pedro en la puerta. En la calle. En la tienda *Cash N Carry.* Como en sus sueños.

Tuvo que pensar en eso, sí, hasta que apareció la mujer de la troca. Entonces no hubo tiempo de pensar en nada más que en la troca apuntando hacia San Antonio. Pon tus maletas en la parte de atrás y súbete.

Pero cuando iban pasando sobre el arroyo, la mujer soltó un

grito tan fuerte como el de un mariachi. Que asustó no sólo a Cleófilas, sino también a Juan Pedrito.

Pues, mira que *cute*. Los espanté a los dos, ¿*right*? *Sorry*. Les debí de haber dicho. Cada vez que cruzo ese puente lo hago. Por el nombre, *you know*. *Woman Hollering*. La Llorona. O la Gritona. Pues yo grito. Lo dijo en un español salpicado de inglés y se rió. ¿Te has fijado alguna vez, continuó Felice, en que nada por aquí tiene nombre de mujer? *Really*. A menos que sea la Virgen. Me supongo que sólo eres famosa si eres una virgen. Se estaba riendo otra vez.

Por eso me gusta el nombre de este arroyo. Dan ganas de gritar como Tarzán, ¿verdad?

Todo acerca de esta mujer, esta Felice, asombraba a Cleófilas. El hecho de que manejara una *pick-up*. Una camioneta, fíjate, pero cuando Cleófilas le preguntó si era de su esposo, le dijo que no tenía uno. La camioneta era de ella. Ella misma la había escogido. Ella misma la estaba pagando.

Antes tenía un Pontiac Sunbird. Pero esos coches son para viejas. Puras chingaderas. Ahora, *éste* sí que es coche.

¿Qué tipo de habladas eran ésas viniendo de una mujer? pensó Cleófilas. Pero para el caso, Felice no se parecía a ninguna mujer que hubiera conocido. ¿Te imaginas?, cuando cruzamos el arroyo nomás empezó a gritar como loca, le diría después a su padre y a sus hermanos. Así nomás. ¿Quién se hubiera imaginado?

¿Quién? Dolor o coraje, tal vez, pero no un aullido como el que Felice acababa de echar. Dan ganas de gritar como Tarzán, había dicho.

Entonces Felice se empezó a reír otra vez, pero no era la risa de Felice. Salía gorgoreando de su propia garganta, una cinta larga de risa, como agua.

El hombre Marlboro

Se llamaba Durango. No en la vida real. No me acuerdo de su verdadero nombre, pero ya me vendrá a la mente. Lo tengo en la libreta de teléfonos, en mi casa. Mi amiga Romelia vivía antes con él. Hasta la conoces. La muy bonita, la de los labiototes, que vino a la mesa en el Beauregard's mientras tocaban los *Number Two Dinners*.

¿La de cola de caballo?

No. Su amiga. Bueno, pues resulta que vivió con él un año, aunque ya estaba muy viejo para ella.

¿De veras? Pero yo creí que el hombre Marlboro era *gay*.

¿Gay? Romelia nunca me dijo *eso*.

Sí. Estoy segurísima. Me acuerdo porque le traía unas ganas locas y un día que veo un anuncio para *60 Minutos*, ¿no? PRO-

GRAMA ESPECIAL. ¡ESTA NOCHE! EL HOMBRE MARLBORO. Me acuerdo que pensé, Chinelas, no me lo puedo perder.

Tal vez Romelia *sí* me lo insinuó y yo ni me di cuenta.

¿Cómo se llama? El tipo de *60 Minutos.*

¿Andy Rooney?

Andy Rooney no, *¡girlfriend!* El otro tipo. El que siempre se ve triste.

Dan Rather.

Ándale, él. Dan Rather lo entrevistó para *60 Minutos.* Ya sabes, "Qué fue del hombre Marlboro" y toda esa mierda. Dan Rather lo entrevistó. El hombre Marlboro estaba trabajando como voluntario en una clínica para el SIDA y hasta murió de eso.

No, cállate. Murió de cáncer. Demasiados cigarros, yo creo.

¿Estamos hablando del mismo hombre Marlboro?

Él y Romelia vivían en un terreno fabuloso en las lomas, cerca de Fredericksburg. Una casa preciosa sobre un acantilado, junto a unos ranchos ganaderos. Haz de cuenta que estabas a millas de la civilización, entre venados y guajolotes silvestres y correcaminos y halcones y todo eso, pero estaba a sólo diez minutos en carro de la ciudad. Hicieron un *party* un Cuatro de Julio e invitaron a todas las personalidades.

Willie Nelson, Esteban Jordán, Augie Meyers, toda esa gente.

No me digas.

Tenía la costumbre de quitarse la ropa en público. Me lo encontré una vez en el Liberty y traía puesto un traje exquisito. Como los de la revista *GQ*, ¿ya sabes, no? *Très élégant.* Bueno, le hice la seña a Romelia, como diciendo que luego iba a acercarme al bar y saludarla. Pero para cuando llegué a mi pay de nuez, él ya iba a salir a la calle sin más ropa que una servilleta de papel. Te juro que era algo serio.

¡Hijo Jesú! Me estás matando. Yo antes soñaba que iba a ser el padre de mis hijos.

Bueno, sí. Eso si estamos hablando del mismo hombre Marlboro. Ha habido docenas de hombres Marlboro. Así como ha habido docenas de Lassies, docenas de ballenas Shamú y docenas de Ralph, el Puerquito Nadador. Bueno, ¿pues qué piensas, *girlfriend*? *Tantos* anuncios. ¡*Tantos* años!

¿Tenía bigote?

Sí.

¿Y había tenido papeles insignificantes en las películas del oeste de Clint Eastwood?

Creo que sí. Por lo menos actuó en unos anuncios del banco Wells Fargo, que yo sepa.

¿Y era del norte de California, tenía un hermano menor medio retrasado mental y había hecho algunas películas pornográficas antes de que los de Marlboro lo descubrieran?

Bueno, yo sólo sé que se llamaba Durango. Y que tenía un rancho en las lomas que había sido antes de Lady Bird Johnson. Y que él y unos amigos del grupo los *Texas Tornadoes* perdieron un montón de lana al invertir en un estudio de grabación que se suponía iba a tener treinta y seis pistas en lugar de las típicas dieciséis, o algo así. Y le dio mucha lata a Romelia, siempre detrás de cualquier fulanita y...

Pero Dan Rather dijo que aquél era el hombre Marlboro *original.*

El original, ¿eh? ... Bueno, a la mejor del que te estoy hablando, el que vivió con Romelia, no era el hombre Marlboro *de verdad*. ... Pero *sí* que estaba viejo.

La Fabulosa: Una opereta tejana

Le gusta decir que es *Spanish,* pero es de Laredo como todas nosotras—o de "Lardo", como le decimos. Se llama Berriozábal. Carmen. Trabajaba de secretaria en un despacho de abogados en San Antonio.

Tenía chichis grandotas. Bien chichona que estaba. Los hombres no podían quitarles los ojos de encima, ni ella podía hacer nada por evitarlo. Cuando hablaban con ella, nunca la miraban a los ojos. Era un poco triste.

Andaba con este cabo de la base militar Fort Sam Houston. Joven. Un chulote. José Arrambide. Él tenía allá en su pueblo a su noviecita del *high school* que vendía nachos en el *mall*, todavía esperando a que él regresara a Harlingen, se casara con ella y le comprara ese juego de recámara de tres piezas en abonos. Sigue soñando, ¿verdad?

Bueno, pues este José no era el mero mero petatero amorcito corazón de la vida de Carmen. Sólo su "movida" de San Antonio, por decirte algo. Pero ya ves cómo son los hombres. A menos que les laves los pies y se los seques con el pelo, nomás no aguantan. Deveras. Y Carmen era de ese tipo de mujer de o lo tomas o lo dejas. Si no te gusta, ahí está la puerta. Así nomás. Era algo serio.

No era lista. Digo, no lo suficiente como para hacerse una limpieza dental profesional una vez al año o como para comprarse un *duplex*. Pero el cabo estaba empelotado con ella. Su esclavo de amor auténtico y garantizado. No sé por qué, pero cuando tratas mal a los hombres, les encanta.

Sí claro, él era su sancho de vez en cuando, pero qué le importa eso a una mujer de veinte años que trae al mundo de los güevos. A la primera chanza, se juntó con un senador tejano muy famoso que ya se estaba abriendo brecha pa'la casa grande. Le puso un condominio muy elegante al norte de Austin. Camilo Escamilla. A lo mejor has oído hablar de él.

Cuando José se enteró, se armó el desmadre, como dicen. Intentó matarla. Intentó matarse. Pero este Camilo se las arregló para que los periódicos no publicaran nada. Era así de importante. Y, además, tenía mujer e hijos con quienes se tomaba una foto cada año para el calendario que regalaba en Navidad. No iba a arruinar su carrera por una fulanita.

Según con quién hables lo que te cuentan. Los amigos de José dicen que dejó grabadas sus iniciales con una navaja en esas famosas chichis, pero eso me suena a puro cuento, ¿no creibas?

Oí decir que desertó. Que se volvió torero en Matamoros, nomás pa'poder morir como un hombre. Otros dijeron que era *ella* la que se quería morir.

No te creas. Ella se huyó con King Kong Cárdenas, un luchador profesional de Crystal City y un encanto de hombre. Conozco a su prima Lerma y la acabamos de ver la semana pasada en el salón de baile *country western* Floore Country Store en Helotes. Chingao, nos invitó una cerveza y desapareció girando y bailando el *two-step* al ritmo de *Hey Baby que pasó.*

Acuérdate del Alamo

Gustavo Galindo, Ernie Sepúlveda, Jessie Robles, Jr., Ronnie De Hoyos, Christine Zamora...

Cuando era niño y mi 'amá echaba el arroz al aceite caliente, ya sabes como chisporrotea y salpica, suena como a aplausos, ¿verdad? Bueno, pues yo siempre hacía una caravana y decía *Gracias, mi querido público, gracias,* y soplaba besos a una multitud imaginaria. Todavía lo hago, de chiste. Cuando hago arroz a la mexicana o algo así y lo echo al aceite. Ruge y yo hago caravanas, sólo un poquito para que nadie se dé cuenta, pero hago mis caravanas y todavía estoy soplando besos, sólo que para adentro.

Mary Alice Luján, Santiago Sanabria, Timoteo Herrera...

Pero cuando actúo no soy Rudy. Digo, ya no soy Rudy Cantú de Falfurrias. Soy Tristán. Todos los jueves por la noche en el Travestí. Detrás del Alamo, no te puedes perder. Un *one-*

man show, girl. Flamenco, salsa, tango, fandango, merengue, cumbia, cha cha chá. No lo olvides. En el Travestí. Acuérdate del Alamo.

Lionel Ontiveros, Darlene Limón, Alex Vigil...

Hay otros actores, las reinas del mambo—no me mal interpretes, no es que no sean buenos en lo suyo. Pero no son números de categoría. Imitadores de Daniela Romo. Parecidos a Lucha Villa. Cármenes Miranda. Muy corrientes, si quieres saber mi opinión. Pero Tristán es muy—¿cómo te diré?—elegante. Digo, cuando camina por la calle, todos se voltean a verlo así. Apasionado y atormentado. Y arrogante. Sí, un poco arrogante. *Sweetheart*, en este oficio así tienes que ser.

Blás G. Cortinas, Armando Salazar, Freddie Mendoza...

Tristán tiene porte de matador. Su ropa es magnífica. Absolutamente perfecta, como una segunda piel. La multitud resuena —¡Tris-TÁN! ¡¡Tris-TÁN!! ¡¡¡Tris-TÁN!!! Tristán sonríe, la sala se estremece. Levanta los brazos, alas de halcón. La luz del proyector limpia como la luna de Andalucía. El público sin aliento como el agua. Y entonces... ¡Zas! Los tacones como metralletas. Una danza hasta la muerte. Te amaré hasta la muerte, mi vida. ¿Escuchas? Hasta la muerte.

Brenda Núñez, Jacinto Tovar, Henry Bautista, Nancy Rose Luna...

Porque todos los jueves por la noche Tristán baila con La Calaca Flaca. Tristán agarra a la jotera por la garganta y la menea hasta dejarla sin sentido. Tristán no le tiene miedo a La Flaquita.

Arturo Domínguez, Porfiria Escalante, Gregory Gallegos Durán, Ralph G. Soliz...

Tristán desliza a la muerte por la pista de baile. ¿Verdad que me quieres, mi cariñito, verdad que sí? Hasta la muerte. Te voy a enseñar cómo ansiar.

Paul Villareal Saucedo, Mónica Riojas, Baltazar M. López...

Dilo. Di que me quieres. Me quieres. Te quiero. Mírame. Dije *mírame. No* me quites los ojos de encima. Muerte. *Yesssss.* Mi tesoro. Mi preciosa. Mi pedacito de alma desnuda. Me quieres con tantas ganas que duele. Un tira y afloja, una caricia y un golpe. Humo en la boca. Hasta la muerte. ¡Ja!

Dorotea Villalobos, Jorge H. Hull, Aurora Anguiano Román, Amado Tijerina, Bobby Mendiola...

¿La familia de Tristán? Lo quieren sin importar qué. Su 'amá orgullosa de su fama —Ése es m'ijo. Sus hermanas, celosas porque él es el bonito. Pero lo adoran y él les da consejos de maquillaje.

Al principio su padre dijo ¿Qué es esto? Pero en cuanto empezaron a llover los artículos del periódico, bueno, qué podía hacer sino mandar fotocopias a los parientes de México, ¿verdad? Y Tristán les manda pases para pasar entre bastidores gratis a todos. Vienen en carro desde el Valle para el estreno del *show*. Hasta los parientes creídos de Monterrey. Es increíble. La última vez que invitó a su familia invadieron todo el pinche tercer piso de La Mansión del Río. No te estoy vacilando.

Él es el mejor número de variedad de San Anto. No se anda con chingaderas. De ninguna manera. O te ama o te odia. Feroz, te lo aseguro. Muy cachondo-cachondo-cachondo o frío como la chichi dura de una bruja. No es uña y carne con nadie más que con la familia y amigos. No necesita serlo. Ándale, dilo. Quiero que lo digas. Te voy a enseñar. Te voy a mostrar cómo se hace.

¿Ves este anillo? Un regalo de un admirador del arte y aficionado a la danza. Mandó $500 de rosas rojas la noche del estreno. Hubieras visto el camerino. Rosas, rosas, rosas. ¡*Honey*! Luego mandó el anillo, pequeños diamantes incrustados en la forma de Tejas. Sólo porque es un amante del arte. Así es. Dilo. Te quiero. Di que me deseas. Me deseas.

La perra y Tristán son así. La Flaca está loca por él. Mucha gente quiere a Tristán de esa manera. Porque Tristán se atreve a ser diferente. A sobresalir entre la muchedumbre. A tener gracia y estilo. Y elegancia. Tristán tiene esa clase de atractivo.

No le tiene miedo a ese tipo de hombres *low-rider*, con sus carros achaparrados y llantotas, que vienen al Bar Esquire, ese agujero empapado de orines, apestoso a cerveza, la rocola gritando la canción de Brenda Lee *I'm sorry.* ¿Eres maricón? Les echa una mirada como el filo de una navaja cortando un labio.

Se viste todo de blanco en el verano, todo de negro en el invierno. Nada término medio excepto para el *show*. Así es él. Tristán. Pero él nunca dejará de ser honesto. Lleva el corazón en la mano. Ya lo sabes.

Y cuando ama se entrega cuerpo y alma. Nada de tonterías. Un amor tan completo que tienes que estar listo para él. Valiente. Abróchense el cinturón de seguridad, amorcitos. Un paseo en carro hasta el final. De tan bueno duele.

Una danza hasta la muerte. Cada jueves en la noche cuando se desliza con La Flaca. La rodea con sus brazos. La Muertita con su sonrisa de comemierda, su jeta de Dios-la-bendiga. A él no le importa. La Muerte con el vestido que enseña la raya de las nalgas. La loca es patética.

¡Qué pareja! Los dos como Ginger y Fred trazando su tango sobre la pista. Dos ángeles, cuerpos celestiales flotando *cheek to cheek.* O nalga a nalga. Ay mujer, no te digo. *Wáchale,* muchacha. Con esas maracas y el cha cha chá de esos huesos-huesos-huesos, nació con talento. ¿Verdad que me quieres, mi cariñito? ¿Verdad que sí?

¿Tristán? Nunca se siente tan bien como los jueves por la noche, cuando la trabaja. Cuando vive esos momentos, mientras el público respira, suspira allá en el teatro, ruge cuando se levanta el telón y empiezan la luz y la música. Es entonces que la vida de Tristán comienza. Sin úlceras ni gasolineras ni cuentas de hospital ni sábanas sangrientas ni pelos en el lavabo. Amantes en tus brazos que se alejan más y más de ti. Cáscaras secas, hollejos, tazas de café. Cartas a casa devueltas sin abrir.

Tristán no tiene nada que ver con lo feo, lo ordinario. Con puertas de tela de mosquitero rasgada o con pintura descarapelada o con pasillos pelones. Las sucias *yardas* traseras, el escupitajo turbio en el excusado que no quieres recordar. Sudando, apretándose contra ti, su pito rosa rosa, ciego y sin costura, como un ojo, rosa como una rata bebé, tu mano pequeña que lo frota, sí, así, así y tu cráneo aplastado que revienta por ese olor agrio y el sabor a lágrimas dentro de tu boca adolorida.

No. Tristán no tiene recuerdos como ésos. Sólo amor del corazón, ése que no puedes comprar, ¿verdad? Que nunca se usa para herir a nadie. Nunca avergonzado. Amor como un cuerpo que quiere dar y dar de sí, que quiere crear un universo donde nada es sucio, nadie sufre, nadie está enfermo, en eso piensa Tristán mientras baila.

Mario Pacheco, Ricky Estrada, Lillian Alvarado...

Dilo. Di que me quieres. Te quiero. Como yo a ti. Di que me amas. Como yo te amo. Te amo. Te quiero, mi querido público. Te adoro. Con todo mi corazón. Con mi corazón y con mi cuerpo.

Ray Agustín Huerta, Elsa González, Frank Castro, Abelardo Romo, Rochell M. Garza, Nacianceno Cavazos, Nelda Therese Flores, Roland Guillermo Pedraza, Renato Villa, Filemón Guzmán, Suzie A. Ybáñez, David Mondragón...

Este cuerpo.

Nunca te cases con un mexicano

Nunca te cases con un mexicano, dijo mi madre una vez y siempre. Lo decía por mi papá. Lo decía aunque ella también era mexicana. Pero ella nació aquí, en los Estados Unidos, y él nació allá y ya sabes que *no* es lo mismo.

Yo *nunca* me voy a casar. Con ningún hombre. He conocido a los hombres demasiado íntimamente. He sido testigo de sus infidelidades y los he ayudado a éstas. He desabrochado y desenganchado y accedido a sus maniobras clandestinas. He sido cómplice, he cometido delitos premeditados. Soy culpable de haber causado intencionalmente dolor a otras mujeres. Soy vengativa y cruel y capaz de cualquier cosa.

Lo admito, hubo una época en que lo que más quería era pertenecer a un hombre. Llevar puesto ese anillo de oro en la mano izquierda y que me llevara sobre su brazo como una joya fina, brillante a la luz del día. No tener que esconderme como lo hice en diferentes bares que parecían todos iguales, alfombras rojas con diseños de enrejado negro, papel tapiz con figuras de terciopelo, lámparas de madera en forma de rueda de carreta con pantallas simulando quinqués, de un color ámbar enfermizo como los vasos para bebidas que te regalan en las gasolineras.

Bares oscuros, restaurantes oscuros entonces. Y si no, mi apartamento, con su cepillo de dientes firmemente plantado en el lavabo como una bandera en el Polo Norte. La cama tan ancha porque él nunca se quedaba toda la noche. Claro que no.

Prestados. Así es como he tenido a mis hombres. Sólo la nata descremada de la superficie. Sólo la parte más dulce de la fruta, sin la cáscara amarga que el vivir a diario con una esposa puede producir. Han venido a mí cuando querían entonces la pulpa dulce.

Así que, no. Nunca me he casado y nunca me casaré. No porque no pudiera, sino porque soy demasiado romántica para el matrimonio. El matrimonio me ha fallado, podrías decir. No existe el hombre que no me haya decepcionado, a quien pudiera confiar que me ame como yo amo. Es porque creo demasiado en el matrimonio que no me caso. Mejor no casarse que vivir una mentira.

Los hombres mexicanos, olvídalo. Durante mucho tiempo los hombres que limpiaban las mesas o que cortaban la carne tras el mostrador de la carnicería o manejaban el camión escolar que yo tomaba para ir todos los días a la escuela, ésos no eran hombres. No eran hombres a los que yo pudiera considerar como posibles amantes. Mexicanos, puertorriqueños, cubanos, chilenos, colombianos, panameños, salvadoreños, bolivianos, hondureños, argentinos, dominicanos, venezolanos, guatemaltecos, ecuatorianos, nicaragüenses, peruanos, costarricenses, paraguayos, uruguayos, me da igual. Nunca los vi. Eso es lo que me hizo mi madre.

Supongo que lo hacía para evitarnos a mí y a Ximena el dolor que ella sufrió. Habiéndose casado con un mexicano a los diecisiete. Habiendo tenido que aguantar todas las groserías que una familia en México le puede hacer a una jovencita por ser del otro lado y porque mi padre se había rebajado de nivel al casarse con ella. Si se hubiera casado con una mujer del otro lado, pero blanca, otra cosa hubiera sido. Eso sí hubiera sido un buen matrimonio, aun cuando la mujer blanca fuera pobre. Pero qué podía ser más ridículo que una joven mexicana que ni siquiera hablaba español, que ni siquiera era capaz de cambiar los platos en la comida, doblar bien las servilletas de tela o colocar correctamente los cubiertos.

En la casa de mi madre los platos siempre se apilaban en el centro de la mesa, los cuchillos y tenedores y cucharas parados en un bote, sírvanse. Todos los platos despostillados o cuarteados y nada hacía juego. Y sin mantel, siempre. Y con periódicos sobre la mesa cuando mi abuelo cortaba sandías y qué vergüenza le daba a ella cuando su novio, mi papi, venía a la casa y había periódicos sobre el piso de la cocina y sobre la mesa. Y mi abuelo, un señor mexicano fornido y trabajador, decía Pasa, pasa y come, y partía una tajada grande de esas sandías verde oscuro, una tajadota, no era codo con la comida. Nunca, ni aun durante la Depresión. Pasa, pasa y come, a quienquiera que tocara la puerta trasera. Los hombres desempleados se sentaban a la mesa a la hora de la comida y los niños mira que mira. Porque mi abuelo siempre se encargaba de que no les faltara. Harina y arroz, a granel y en costal. Papas. Costales grandes de frijoles pintos. Y sandías, compraba tres o cuatro a la vez, las rodaba debajo de su cama y las sacaba cuando menos lo esperabas. Mi abuelo había sobrevivido tres guerras, una mexicana, dos americanas y sabía lo que era pasarla sin comer. Sí sabía.

Mi papi, en cambio, no sabía. Es cierto, cuando apenas llegó a este país había trabajado desconchando almejas, lavando platos, sembrando alambradas; se había sentado en la parte trasera del autobús en Little Rock y el chofer había gritado, Tú—

siéntate aquí, y mi padre se había encogido de hombros tímidamente y había dicho: *No speak English.*

Pero él no era un pobre refugiado, ni un inmigrante que huía de una guerra. Mi papá se escapó de la casa porque tenía miedo de enfrentar a su padre cuando sus calificaciones de primer año en la universidad comprobaban que había pasado más tiempo jugando que estudiando. Dejó atrás una casa en la Ciudad de México que no era ni rica ni pobre, pero que se creía mejor que ambas cosas. Un muchacho que se bajaba del camión si veía subirse a una muchacha que conocía y no llevaba dinero para pagarle el pasaje. Ése es el mundo que mi pa dejó atrás.

Me imagino a mi papi con su ropa de fanfarrón, porque eso es lo que era, un fanfarrón. Eso es lo que mi madre pensó al darse la vuelta para contestar a la voz que la invitaba a bailar. Un presumido, diría años después. Solamente un presumido. Pero nunca dijo por qué se casó con él. Mi padre en sus trajes azul tiburón, con el pañuelo almidonado en el bolsillo junto a la solapa, su fedora de fieltro, su saco de *tweed* de generosas hombreras y aquellos zapatones bostonianos con sus bigoteras en la punta y el talón. Ropa que costaba mucho. Cara. Eso es lo que decían las cosas de mi papá. Calidad.

Mi pa debió haber encontrado muy extraños a los mexicanos de los Estados Unidos, tan ajenos a los que conocía en su Ciudad de México, donde la sirvienta servía la sandía en un plato con cubiertos y servilleta de tela o los mangos con tenedores de punta especial. No así, comiendo con las piernas abiertas en el patio o en la cocina agachados sobre los periódicos. *Pasa, pasa y come.* No, nunca así.

Cómo me gano la vida depende. A veces trabajo como traductora. A veces me pagan por palabra y a veces por hora, según el trabajo.

Esto lo hago durante el día y de noche pinto. Haría cualquier cosa en el día sólo para seguir pintando.

También trabajo como maestra suplente para el Distrito Escolar Independiente de San Antonio. Y eso es peor que traducir esos folletos de viaje con sus letras diminutas, créeme. No soporto a los niños. De ninguna edad. Pero sirve para pagar la renta.

De cualquier ángulo que lo veas, lo que hago para ganarme la vida es una forma de prostitución. La gente dice, "¿Una pintora? qué interesante" y quieren invitarme a sus fiestas, quieren que decore el jardín como una orquídea exótica de alquiler. ¿Pero acaso compran arte?

Soy anfibia. Soy una persona que no pertenece a ninguna clase. A los ricos les gusta tenerme cerca porque envidian mi creatividad; saben que *eso* no lo pueden comprar. A los pobres no les importa que viva en su barrio porque saben que soy tan pobre como ellos, aunque mi educación y mi modo de vestir nos mantenga en mundos distintos. No pertenezco a ninguna clase. Ni a los pobres, cuyo barrio comparto, ni a los ricos, que vienen a mis exposiciones y compran mi obra. Tampoco a la clase media, de la que mi hermana Ximena y yo huimos.

Cuando era joven, cuando apenas me había ido de casa y rentado ese apartamento con mi hermana y sus niños, justo después de que su marido se largara, pensaba que ser artista sería glamoroso. Quería ser como Frida o Tina. Estaba dispuesta a sufrir con mi cámara y mis pinceles en ese apartamento horrible que rentamos por $150 cada una porque tenía techos altos y esos tragaluces de vidrio que nos convencieron que tenía que ser nuestro. No importaba que no hubiera lavabo en el baño y que la tina pareciera un sarcófago y que la duela del piso no embonara y que el pasillo pudiera espantar a los mismos muertos.

Pero esos techos de catorce pies de altura bastaron para que firmáramos el cheque del depósito en ese mismo instante. Todo nos parecía romántico. Ya sabes donde está, en Zarzamora encima de la peluquería con los posters de Casasola de la Revolución Mexicana. Letrero en neón de BIRRIA TEPATITLÁN a la vuelta de la esquina, dos cabras dándose de tumbos y todas esas panaderías mexicanas, Las Brisas para huevos rancheros y carnitas y barbacoa los domingos, y malteadas de leche y fruta fresca y paletas de mango y más letreros en español que en inglés. Creíamos que era magnífico. El barrio se veía lindo en el día, como Plaza Sésamo. Los niños jugando rayuela en la banqueta, mocosos benditos. Y las tlapalerías que todavía vendían plumeros de avestruz y las familias enteras que desfilaban a la iglesia de Nuestra Señora de Guadalupe los domingos, las niñas con sus vestidos esponjados de crinolina y sus zapatos de charol, los niños con sus zapatos *Stacys* de vestir y sus camisas brillantes.

Pero en la noche, no se parecía nada a donde crecimos, en el lado norte. Las pistolas resonaban como en el viejo Oeste y yo y Ximena y los niños acurrucados en una misma cama con las luces apagadas, oyendo todo y les decíamos, Duérmanse niños, sólo son cohetes. Pero sabíamos que no era así. Ximena decía, Clemencia, tal vez deberíamos volver a casa. Y yo contestaba, ¡Cállate! Porque ella sabía tan bien como yo que no había hogar al cual regresar. No con nuestra madre. No con aquel hombre con quien se había casado. Luego que Papi murió, era como si ya no importáramos. Como si mi madre estuviera demasiado ocupada en sentir lástima por sí misma, no sé. No soy como Ximena. Todavía no lo he resuelto después de tanto tiempo, ni siquiera ahora que nuestra madre ya falleció. Mis medios hermanos viven en aquella casa que debería haber sido nuestra, mía y de Ximena. Pero eso es—¿cómo se dice?—Para qué llorar sobre leche quemada ¿o desparramada? Ni siquiera sé como se dicen los refranes, aunque nací en este país. En mi casa no decíamos jaladas de ésas.

Una vez que papi nos faltó, era como si mi madre no existiera, como si ella también se hubiera muerto. Yo antes tenía un pajarito pinzón que se torció una patita roja entre las rejas de la jaula, quién sabe cómo. La pata nada más se secó y se le cayó. Mi pájaro vivió mucho tiempo sin ella, sólo con un muñoncito rojo por pata. En realidad estaba bien. El recuerdo de mi madre es así, como si algo que ya estuviera muerto se me hubiera secado y caído y yo no lo hubiera extrañado. Como si nunca hubiera tenido una madre. Y tampoco me avergüenza decirlo. Cuando se casó con ese bolillo y él y sus niños se cambiaron a la casa de mi papá, fue como si ella hubiera dejado de ser mi madre. Como si nunca hubiera tenido madre.

Mi madre, siempre enferma y demasiado preocupada por su propia vida, nos hubiera vendido al diablo si hubiera podido. "Es que me casé tan joven, mi'ja", decía. "Es que tu padre era mucho mayor que yo y nunca pude disfrutar de mi juventud. *Honey,* trata de comprenderme...". Entonces yo dejaba de escucharla.

Aquel hombre al que conoció en el trabajo, Owen Lambert, el encargado del laboratorio de revelado de fotografía con el que se veía aun cuando mi papi todavía estaba enfermo. Incluso entonces. Eso es lo que no le puedo perdonar.

Cuando mi papá tosía sangre y flemas en el hospital, con media cara congelada y la lengua tan gorda que no podía hablar, se veía tan tan pequeño con todos esos tubos y bolsas de plástico que colgaban a su alrededor. Pero lo que más recuerdo es el olor, como si la muerte ya estuviera sentada en su pecho. Y recuerdo al doctor que raspaba la flema de la boca de mi pa con un paño blanco y mi papi sentía náuseas y yo quería gritar: Basta, ya no, es mi papi. Hijo de la chingada. Hágalo vivir. Papi, no. Todavía no, todavía no, todavía no. Y cómo no me podía sostener, no me podía sostener. Como si me hubieran golpeado o me hubieran sacado las entrañas por la nariz, como si me hubieran rellenado de canela y clavo y nada más me quedé parada ahí con los ojos secos al lado de Ximena y de mi madre, Ximena entre nosotras porque a mi madre no la quería a mi lado. Todos repitiendo una y otra vez los Avemarías y Padrenuestros. El cura rociando agua bendita, mundo sin fin, amén.

Drew, ¿te acuerdas cuando me llamabas tu Malinalli? Era una broma, un juego privado entre nosotros, porque te veías como un Cortés con esa barba tuya. Mi piel oscura junto a la tuya. Hermosa, dijiste. Dijiste que era hermosa y cuando lo dijiste, Drew, lo era.

Mi Malinalli, Malinche, mi cortesana, dijiste y me jalaste hacia atrás por la trenza. Me llamabas por ese nombre entre traguitos de aliento y esos besos en carne viva que dabas, riéndote desde esa barba negra tuya.

Antes del amanecer, ya te habías ido, igual que siempre, aun antes de que me diera cuenta. Y era como si te hubiera imaginado, solamente las marcas de tus dientes en mi panza y mis pezones me convencían de lo contrario.

Tu piel pálida, pero tu pelo más oscuro que el de un pirata. Malinalli, me llamabas, ¿te acuerdas? Decías *Mi doradita* en español. Me gustaba que me hablaras en mi idioma. Podía amarme a mí misma y pensar que era digna de ser amada.

Tu hijo. ¿Sabe él lo mucho que tuve que ver con su nacimiento? Soy yo quien te convenció para que lo dejaras nacer. Le dijiste que mientras su madre estaba acostada boca arriba pariéndolo, yo estaba acostada en la cama de ella haciéndote el amor.

No eres nada sin mí. Te formé de saliva y polvo rojo. Y si quiero, puedo extinguirte entre el índice y el pulgar. Soplarte hasta el fin del mundo. Eres solamente una mancha de pintura a la que puedo escoger dar a luz sobre el lienzo. Y cuando te rehice, dejaste de ser parte de ella, fuiste todo mío. El paisaje de tu cuerpo tirante como un tambor. El corazón bajo esa piel resonando monótonamente una y otra vez. Ni una pulgada de ti le devolví.

Te pinto y repinto como me place, aun ahora. Después de tantos años. ¿Lo sabías? Tontito. Crees que seguí adelante con mi vida, cojeando, suspirando y sollozando como el lloriqueo de una canción ranchera cuando regresaste con ella. Pero he estado esperando. Haciendo que el mundo te vea con mis ojos. Y si eso no es poder, ¿entonces qué es?

Por las noches prendo todas las velas de la casa, las de la Virgen de Guadalupe, las del Niño Fidencio, Don Pedrito Jaramillo, Santo Niño de Atocha, Nuestra Señora de San Juan de los Lagos y especialmente Santa Lucía, con sus ojos hermosos sobre un plato.

Tus ojos son hermosos, dijiste. Dijiste que eran los ojos más negros que jamás habías visto y besaste cada uno como si fueran capaces de conceder milagros. Y cuando te fuiste, quise sacarlos con una cuchara, ponerlos en un plato bajo estos cielos azules: Alimento para los cuervos.

El niño, tu hijo. El que tiene la cara de esa pelirroja que es tu esposa. El niño de pecas rojas como el alimento de peces que flota sobre la piel del agua. Ese niño.

He estado esperando pacientemente como una araña todos estos años, desde que tenía diecinueve y él era sólo una idea revoloteando en la cabeza de su madre y soy yo quien le dio permiso e hice que sucediera, te das cuenta.

Porque tu padre quería dejar a tu madre y vivir conmigo. Tu

madre sollozaba por un hijo, por lo menos *eso*. Y él siempre decía, Más tarde, ya veremos, más tarde. Pero desde el principio era conmigo con quien quería estar, era conmigo, dijo.

Quiero decirte esto por las noches cuando vienes a verme. Cuando estás hablas y hablas sobre qué tipo de ropa te vas a comprar y de cómo eras antes cuando entraste al *high school* y cómo eres ahora que ya casi terminas. Y de como todos te conocen como un rockero y de tu banda y de la nueva guitarra roja que te acaban de comprar porque tu madre te dio a escoger, la guitarra o el coche, pero no necesitas un coche, verdad, porque yo te llevo a todas partes. Podrías ser mi hijo si no fueras tan güerito.

Esto sucedió. Hace mucho tiempo. Antes de que nacieras. Cuando eras apenas una palomilla dentro del corazón de tu madre. Yo era alumna de tu padre, sí, como ahora tú eres el mío. Y tu padre me pintaba y me pintaba porque decía, yo era su *doradita,* toda dorada y tostada por el sol y ésas son las mujeres que más le gustan, las morenas como la arena del río, sí. Y me tomó bajo su ala y bajo sus sábanas, ese hombre, ese maestro, tu padre. Me sentía honrada de que él me hubiera hecho el favor. Así de joven estaba.

Sólo sé que estaba acostada con tu padre la noche en que tú naciste. En la misma cama en que fuiste concebido. Estaba acostada con tu padre y me importaba un carajo aquella mujer, tu madre. Si hubiera sido una morena como yo, me habría costado un poco más de trabajo vivir con mi conciencia, pero como no lo es, me da lo mismo. Yo estuve ahí primero, siempre. Siempre he estado ahí, en el espejo, bajo su piel, en la sangre, antes de que tú nacieras. Y él ha estado aquí, en mi corazón, desde antes de que lo conociera. ¿Entiendes? Él siempre ha estado aquí. Siempre. Se disuelve como flor de Jamaica, explota como una cuerda reducida al polvo. Ya no me importa lo que está o no está bien. No me importa su esposa. Ella no es *mi* hermana.

Y no es la última vez que me he acostado con un hombre la noche en que su esposa daba a luz. ¿Por qué lo hago, me pregunto? Acostarme con un hombre cuando su mujer está dando vida, está siendo chupada por una cosa con los ojos todavía cerrados. ¿Por qué lo hago? Siempre me ha dado un poco de júbilo enloquecido el poder matar a esas mujeres así, sin que lo sepan. Saber que he poseído a sus maridos cuando ellas estaban ancladas a cuartos azules de hospital, sus tripas jaloneadas de adentro para afuera, el bebé chupando sus pechos mientras su marido chupaba los míos. Todo esto mientras todavía les dolían las puntadas en el trasero.

Una vez, borracha de margaritas, le hablé por teléfono a tu padre a las cuatro de la madrugada, desperté a la perra. Bueno, chirrió. Quiero hablar con Drew. Un momento, dijo en su inglés de salón más educado. Un momento. Me reí de eso durante semanas. Qué pendeja de pasar el teléfono al tamal dormido a su lado. Discúlpame, cariño, es para ti. Cuando Drew murmuró bueno me estaba riendo tan fuerte que apenas podía hablar. ¿Drew? Esa perra estúpida de tu esposa, le dije, y es todo lo que pude decir. Esa idiota idiota idiota. Ninguna mexicana reaccionaría así. Discúlpame, cariño. Me cagué de la risa.

Tiene el mismo tipo de piel, el niño. Todas las venas azules pálidas y transparentes como las de su mamá. Una piel como las rosas de diciembre. Niño bonito. Pequeño clono. Pequeñas células divididas en ti y en ti y en ti. Dime, nene, qué parte de ti es tu madre. Intento imaginarme sus labios, su mentón, las piernas largas largas que se enredaban alrededor de este padre que me llevó a su cama.

Esto sucedió. Estoy dormida. O pretendo estar. Me estás observando, Drew. Siento tu peso cuando te sientas en la esquina de la cama, vestido y a punto de irte, pero ahora nada más me estás viendo dormir. Nada. Ni una palabra. Ni un beso. Sólo estás sentado. Me estás observando, inspeccionando. ¿En qué piensas?

No he dejado de soñarte. ¿Lo sabías? ¿Te parece extraño? Sin embargo, nunca lo platico. Me lo quedo adentro como hago con todo lo que pienso acerca de ti.

Después de tantos años.

No quiero que me veas. No quiero que me observes mientras duermo. Voy a abrir los ojos y te voy a asustar para que te vayas.

Eso. ¿Qué te dije? *¿Drew? ¿Qué pasa?* Nada. Ya sabía que ibas a decir eso.

Mejor no hablemos. No servimos para eso. Contigo soy inútil con las palabras. Es como si de alguna manera tuviera que aprender a hablar de nuevo, como si todavía no se hubieran inventado las palabras que necesito. Somos cobardes. Regresa a la cama. Por lo menos ahí siento que te tengo por un rato. Por un momento. Por un suspiro. Te dejas ir. Ansías y jalas. Desgarras mi piel.

Casi no eres un hombre sin tu ropa. ¿Cómo lo explico? Eres tanto como un niño en mi cama. Tan sólo un niño grande que necesita que lo abracen. No voy a permitir que nadie te haga daño. Mi pirata. Mi esbelto niño de hombre.

Después de tantos años.

No lo imaginé, ¿verdad? Un Ganges, el ojo de la tormenta. Por un instante. Cuando nos olvidábamos, me jalabas y yo saltaba dentro de ti y te partía como una manzana. Era un estar abierto para que el otro viera tu esencia por un instante y se quedara con ella. Algo se retorció violentamente hasta desprenderse. Tu cuerpo no miente. No es callado como tú.

Estás desnudo como una perla. Perdiste tu hilo de humo. Eres tierno como la lluvia. Si te pusiera en mi boca te disolverías como nieve.

Estabas avergonzado de estar tan desnudo. Te apartaste. Pero te vi tal como eras cuando te abriste conmigo. Cuando te descuidaste y te dejaste ver por dentro. Agarré ese pedazo de aliento. No estoy loca.

Cuando te dormías, me jalabas hacia ti. Me buscabas en la oscuridad. No dormí. Cada célula, cada folículo, cada nervio, alerta. Verte suspirar y rodar y darte vuelta y pegarme a ti. No dormí. Te estaba observando a *ti* esta vez.

¿Tu madre? Solamente una vez. Años después de que tu padre y yo dejamos de vernos. En una exposición de arte. Una exhibición de fotografías de Eugène Atget. Hubiera podido pasarme horas contemplando aquellas imágenes. Había llevado a un grupo de alumnos.

Vi a tu padre primero. Y en ese instante sentí como si todos en aquella sala, todas las fotografías de tonos sepia, mis alumnos, los hombres en traje de negocios, las mujeres en tacones, los guardias, todos y cada uno, pudieran verme tal cual era. Tuve que huir y llevarme a mis alumnos a otra galería, pero hay algunas cosas que el destino te tiene preparadas.

Nos alcanzó en el área del guardarropa, del brazo de una Barbie pelirroja en abrigo de piel. Una de esas mujeres de Dallas que asustan, el cabello restirado en una cola de caballo, una cara grande y brillante como las mujeres que atienden los mostradores de cosméticos en Neiman. Eso recuerdo. Debe haber estado con él desde el principio, pero te juro que nunca la vi hasta ese segundo.

Podías notar por un ligero titubeo, solamente ligero, porque él es demasiado sofisticado para titubear, que estaba nervioso. En seguida camina hacia mí y yo no sabía qué hacer, nada más me quedé ahí parada, aturdida como esos animales que al cruzar la carretera en la noche se pasman ante los faros del coche.

Y no sé por qué, pero de repente me miré los zapatos y sentí vergüenza de lo viejos que parecían. Y llega hasta mí, mi amor, tu padre, con ese ademán suyo que hace que quiera golpearlo, que hace que quiera amarlo, y dice con la voz más sincera que hayas oído: "¡Ah, Clemencia! *Ésta* es Megan". No podría habérmela presentado de una manera más cruel. *Ésta* es Megan. Así nada más.

Sonreí como una idiota y le extendí la manita como un animal del circo —"Hola, Megan"— y sonreí demasiado como sonríes cuando no soportas a alguien. Luego me fui al carajo lejos de ahí, chachareando como un mono todo el viaje de regreso con mis alumnos. Cuando llegué a la casa me tuve que acostar con un paño frío en la frente y la televisión prendida. Todo lo que podía escuchar retumbando bajo el paño en esa parte profunda detrás de mis ojos: *Ésta* es Megan.

Y así me quedé dormida, con la televisión prendida y todas las luces de la casa encendidas. Cuando me desperté era por ahí de las tres de la mañana. Apagué las luces y la tele y fui por una aspirina, y los gatos, que se habían quedado dormidos conmigo en el sofá, me siguieron al baño como si supieran qué pasaba. Y luego me siguieron también a la cama, donde no les permito entrar, pero aquella vez nomás los dejé, con pulgas y todo.

Esto también sucedió. Te juro que no lo estoy inventando. Es la verdad. Era la última vez que iba a estar con tu padre. Nos habíamos puesto de acuerdo. Era lo mejor. Seguramente yo podía darme cuenta, ¿verdad? Por mi propio bien. Saber perder. Una jovencita como yo. No había yo entendido... responsabilidades. Además, nunca se podría casar conmigo. ¿No creíste...? *Nunca te cases con un mexicano. Nunca te cases con un mexicano. Nunca te cases con ... una mexicana.* No, por supuesto que no. Ya entiendo. Ya entiendo.

Teníamos la casa a solas por unos días, quién sabe cómo. Tú y tu madre se habían ido a algún lugar. ¿Era Navidad? No me acuerdo.

Recuerdo la lámpara emplomada con vidrios nacarados sobre la mesa del comedor. Hice un inventario mental de todo. El diseño de flor de loto egipcia en las bisagras de las puertas. El pasillo oscuro y angosto donde una vez tu padre y yo hicimos el amor. La tina sobre cuatro garras en la que él había lavado mi pelo y me lo había enjuagado con una jícara de hojalata. Esta ventana. Ese mostrador. La recámara con su luz en la mañana, increíblemente suave, como la luz de una pulida moneda de diez.

La casa estaba impecable, como siempre, ni un pelo extraviado, ni una hojuela de caspa, ni una toalla arrugada. Hasta las rosas sobre la mesa del comedor contenían la respiración. Una especie de limpieza sin aliento que siempre me hacía querer estornudar.

¿Por qué me daba tanta curiosidad la mujer que vivía con él? Cada vez que iba al baño, me sorprendía abriendo el botiquín de las medicinas, mirando todas sus cosas. Sus lápices labiales Estée Lauder. Corales y rosas, por supuesto. Sus barnices de uñas—el violeta pálido era el más atrevido. Sus bolitas de algodón y sus pasadores rubios. Un par de pantuflas de piel de borrego color hueso, tan limpias como el día en que las compró. Sobre la percha de la puerta—una bata blanca con la etiqueta, HECHO EN ITALIA y un camisón de seda con botones de perla. Toqué las telas. Calidad.

No sé cómo explicar lo que hice después. Mientras tu padre andaba ocupado en la cocina, fui a donde había dejado mi mochila y saqué una bolsita de ositos de dulce que había comprado. Y mientras él hacía ruido con las ollas, recorrí la casa y fui dejando un rastro de ositos por los lugares donde sabía que *ella* los encontraría. Uno en su organizador de maquillaje de lucita. Uno embutido en cada botella de barniz de uñas. Desenrollé los lápices labiales caros a su extensión máxima e incrusté un osito en la punta antes de taparlos de nuevo. Hasta puse un osito de dulce en su estuche de diafragma, en el mismo centro de esa luna de hule luminiscente.

¿Para qué me molestaba? Drew podría echarse la culpa. O podría inventar que era el vudú de la señora mexicana que hacía la limpieza. Ya me lo imaginaba. No importaba. Me dio una extraña satisfacción el vagar por la casa dejándolos en lugares donde sólo ella los vería.

Y justo cuando Drew llamaba " ¡A cenar!" la vi en el escritorio. Una de esas muñecas babushkas de madera que Drew le había traído de Rusia. Ya lo sabía. Me había comprado una idéntica.

Tan sólo hice lo que hice, destapé la muñeca adentro de la muñeca adentro de la muñeca hasta que llegué al mismísimo centro, la bebé más pequeñita dentro de todas las demás y la cambié por un osito de dulce. Y luego volví a colocar las muñecas tal como las había encontrado, una dentro de otra, dentro de otra. Menos la más pequeña que me metí en el bolsillo. Toda la cena me la pasé metiendo la mano al bolsillo de mi chamarra de mezclilla. Cuando la tocaba me hacía sentir bien.

De regreso a casa, en el puente sobre el arroyo de la calle Guadalupe, detuve el coche, prendí la señal de emergencia, me bajé y tiré la muñequita de madera a aquel arroyo lodoso donde mean los borrachines y nadan las ratas. El juguetito de aquella Barbie cociéndose en la inmundicia. Me dio una sensación como nunca antes había tenido y no he tenido desde entonces.

Luego me fui a casa y dormí como los muertos.

Por las mañanas preparo café para mí y leche para el niño. Pienso en esa mujer y no puedo ver ni un rastro de mi amante en este niño, como si ella lo hubiera engendrado por inmaculada concepción.

Me acuesto con este niño, su hijo. Para que el niño me ame como yo amo a su padre. Para hacer que me desee, que sienta hambre, que se retuerza en su sueño como si hubiera tragado vidrio. Lo pongo en mi boca. Aquí, pedacito de mi corazón. Un niño con muslos duros y sólo un poquitín de pelusa y unas nalgas pequeñas, duras y aterciopeladas como las de su padre y esa espalda como corazón de San Valentín. Ven acá, mi cariñito. Ven con mamita. Toma un poco de pan tostado.

Puedo decir por la manera en que me mira, que lo tengo bajo mi poder. Ven, gorrión. Tengo la paciencia de la eternidad. Ven con mamita. Mi pajarito estúpido. No me muevo. No lo espanto. Lo dejo que picotee. Todo, todo para ti. Froto su vientre. Lo acaricio. Antes de cerrar de golpe mis fauces.

¿Qué hay en mi interior que me enloquece tanto a las dos de la madrugada? No puedo echarle la culpa al alcohol en mi sangre, cuando no lo hay. Es algo peor. Algo que envenena la sangre y me tumba cuando la noche se hincha y siento como si todo el cielo se recargara en mi cerebro.

¿Y si matara a alguien en una noche así? Y si me matara *a mí misma,* sería culpable de interponerme en la línea de fuego, una víctima inocente, acaso no sería una lástima. Caminaría con la mente llena de imágenes y de espaldas a los culpables. ¿Suicidio? No le sabría decir. No lo vi.

Excepto que no es a mí a quien quiero matar. Cuando la gravedad de los planetas está en su punto justo, todo se ladea y trastorna el equilibrio visible. Y es entonces que quiere salirse de mis ojos. És entonces cuando me prendo del teléfono, peligrosa como una terrorista. No hay nada que hacer mas que dejar que pase.

Así que. ¿Qué crees? ¿Ya te has convencido de que estoy tan loca como un tulipán o como un taxi? ¿De que soy tan vagabunda como una nube?

A veces el cielo es tan grande y me siento tan pequeña en la noche. Ése es el problema de ser nube. Que el cielo es tan terriblemente grande. ¿Por qué es peor en la noche, cuando tengo tal urgencia de comunicarme y no hay un lenguaje con el cual dar forma a las palabras? Sólo colores. Imágenes. Y ya sabes que lo que tengo que decir no siempre es agradable.

Ay, amor, mira. Ya fui y lo hice. ¿De qué sirve? Bueno o malo, he hecho lo que tenía que hacer y necesitaba hacer. Y tú has contestado el teléfono y me has asustado como a un pájaro. Y probablemente ahora estás susurrando maldiciones y te volverás a dormir con esa esposa a tu lado, tibia, irradiando su calor propio, tan viva bajo la franela y las plumas y olorosa un poco a leche y crema de manos y ese olor conocido y querido para ti, ay.

Los seres humanos me pasan por la calle y quiero estirarme y rasguearlos como si fueran guitarras. Algunas veces la humanidad entera me parece bella. Quiero simplemente estirar la mano y acariciar a alguien y decirle Ya, ya, ya pasó, cariñito. Ya, ya, ya.

Pan

Teníamos hambre. Entramos a una panadería sobre la Grand Avenue y compramos pan. Llenamos el asiento trasero. Todo el coche olía a pan. Hogazas grandes hechas con levadura y con forma de nalgotas. Pan Nalgón, dije en español, pan Nalgón. Pan Nalgón, dijo él en italiano, pero no me acuerdo cómo lo dijo.

Arrancamos pedazos grandes con las manos y comimos. El coche de un azul perla como mi corazón esa tarde. El olor a pan caliente, pan en ambos puños, un tango en la grabadora fuerte, fuerte, fuerte, porque yo y él somos los únicos que pueden aguantarlo así, como si el bandoneón, el violín, el piano, la guitarra, el bajo estuvieran dentro de nosotros, como cuando él no estaba casado, como antes de sus hijos, como si todo el dolor no hubiera pasado entre nosotros.

Íbamos en coche por las calles con edificios que le recuerdan, dice, lo encantadora que es esta ciudad. Y yo recuerdo cuando era chica, al bebé de una prima que murió al tragar veneno para ratas en un edificio como éstos.

Pues así es. Y así es como paseábamos en coche. Con todas sus memorias nuevas de ciudad y todas mis viejas. Él besándome entre grandes mordiscos de pan.

Ojos de Zapata

Acerco mi nariz a tus pestañas. La piel de los párpados tan suave como la piel del pene; la clavícula con sus alas acanaladas; el nudo púrpura del pezón, el color oscuro, negriazul, de tu sexo; las delgadas piernas, los delgados y largos pies. Por un instante no quiero pensar en tu pasado ni en tu futuro. Por ahora estás aquí, me perteneces.

¿Sería malo si te dijera lo que hago todas las noches que duermes aquí? Después de tu coñac y tu puro, cuando estoy segura que duermes, examino tranquilamente tu pantalón negro con sus botonaduras de plata—cincuenta y seis pares de cada lado; las he contado—tu sombrero bordado con la borla de crin, la hermosa camisa de lino holandés, el fino trenzado bordado en tu chaqueta de charro, las apuestas botas negras, el elegante labrado de tus cananas y espuelas de plata. ¿Acaso eres mi general? ¿O sólo ese muchacho que conocí en la feria de San Lázaro?

Manos demasiado bonitas para un hombre. Manos elegantes, manos agraciadas; dedos con un aroma dulce como tus habanos. Yo tuve manos bonitas alguna vez, ¿te acuerdas? Solías decir que no había manos como las mías en todo Cuautla. Exquisitas, las llamaste, como si fueran algo de comer. Todavía me da risa cuando me acuerdo de eso.

Ay, pero ahora mira. Rasguñadas, partidas y callosas—¿cómo es que las manos envejecen primero? La piel tan áspera como la cresta de una gallina. Es por sembrar en el tlacolol, por el trabajo duro de hombre que hago al limpiar la milpa con el azadón y el machete, trabajo sucio que deja la ropa inmunda, trabajo que ninguna mujer haría antes de la guerra.

Pero no le tengo miedo al trabajo duro o a estar a solas en los cerros. No le tengo miedo a la muerte ni a la cárcel. No le tengo miedo a la noche como las otras mujeres que corren a la sacristía a la primera voz de *el gobierno*. No soy como las otras.

Míralo. ¿Ya estás roncando? Pobrecito. Duérmete papacito. Ya, ya. Sólo soy yo—Inés. Duerme, mi trigueño, mi chulito, mi bebito. Ya, ya, ya.

Dices que no puedes dormir en ningún lugar como duermes aquí. Tan cansado de tener que ser siempre el gran general Emiliano Zapata. Los dedos nerviosos retroceden, los huesos largos y elegantes tiemblan y se crispan. Siempre esperando la bala del asesino.

Cualquiera es capaz de convertirse en traidor y a los traidores hay que quebrarlos, dices. Un caballo cuando se amansa se doma. Una silla de montar nueva se amolda. Domar un espíritu. Algo que enlazar y azotar, como hace años lo hacías en los jaripeos.

Todo te molesta estos días. Cualquier ruido, cualquier luz, hasta el sol. No dices nada durante horas y luego cuando llegas a hablar, es un arranque, una furia. Todos te temen, hasta tus hombres. Te escondes en la oscuridad. Pasas días sin dormir. Ya no te ríes.

No necesito preguntar; yo misma lo he visto. La guerra no

va bien. Lo veo en tu cara. Cómo han cambiado las cosas a través de los años, Miliano. De tanto vigilar, la cara se vuelve así. Estas arrugas nuevas, este surco, la mandíbula bien cerrada. Los ojos con arrugas de aprender a ver en la oscuridad.

Dicen que las viudas de los marineros tienen los ojos así, de entrecerrarlos al mirar la línea donde el cielo y el mar se disuelven. Nos pasa lo mismo con esta guerra. Somos viudos todos. Los hombres tanto como las mujeres, hasta los niños. Todos colgándonos de la cola del caballo de nuestro jefe Zapata. Todos llevamos cicatrices de estos nueve años de estar aguantando.

Sí, se te ve en la cara. Siempre ha estado ahí. Desde antes de la guerra. Desde antes de que te conociera. Desde tu nacimiento en Anenecuilco, y aun antes de eso. Algo duro y tierno a la vez en esos ojos. Lo supiste primero que cualquiera de nosotros, ¿no es así?

Esta mañana el mensajero llegó con la noticia de que vendrías antes del anochecer, pero yo ya estaba hirviendo el maíz para tus tortillas de la merienda. Te vi llegar montado a caballo por el camino desde Villa de Ayala. Tal como te vi aquel día en Anenecuilco, cuando la revolución acababa de empezar y el gobierno te estaba buscando por todos lados. Estabas preocupado por los títulos de las tierras, los fuiste a desenterrar de donde los habías escondido hacía dieciocho meses bajo el altar de la iglesia del pueblo ¿verdad?—recordándole a Chico Franco que los pusiera a salvo. *He de morir,* dijiste, *algún día. Pero nuestros títulos tienen vigencia garantizada.*

Ojalá pudiera desvanecer tu dolor como si fuera una mancha en la mejilla. Quiero recogerte en mis brazos como si fueras Nicolás o Malena, subir a los cerros. Conozco cada cueva y grieta, cada atajo y barranca, pero no sé dónde podría esconderte de ti mismo. Estás cansado. Estás enfermo y solo con esta guerra y no quiero que ninguna de esas cosas te toque jamás Miliano.

Basta por ahora que estés aquí. De momento. De nuevo bajo mi techo.

Duerme, papacito. Sólo es Inés volando a tu alrededor, con los ojos bien abiertos toda la noche. El sonido de mis alas como el sonido de una capa de terciopelo que cae. Una brisa cálida contra tu piel, la amplia extensión de las plumas blancas como la luna, como si pudiera tocar todas las paredes de la casa de un solo movimiento. Un susurro, luego una ingravidez, la luz esparcida por la ventana hasta que siento el húmedo aire nocturno bajo mis alas de tecolote. Una espiral de estrellas como los aretes de filigrana que me regalaste. Tu caballo cansado, quieto como la hojalata, ahí, donde lo amarraste al guamúchil. El río canta más fuerte que nunca desde la época de lluvias.

Exploro las laderas de los cerros, las montañas. Mi sombra azul por encima de la hierba alta y el tajo de las barrancas, por encima de los espíritus de las haciendas silenciosas bajo la noche azul. Desde esta altura el pueblo se ve igual que antes de la guerra. Como si los techos estuvieran todavía intactos, las paredes todavía blanqueadas con cal, las calles empedradas limpias de escombros y mala hierba. Nada ampollado ni quemado. Nuestras vidas tranquilas e ilesas.

Vueltas y vueltas por el campo azul, sobre los sembradíos quemados, el viento agitado apenas eriza mis alas blancas y duras, sobre los dos soldados que dejaste guardando nuestra puerta, uno dormido, el otro entumido después de un largo día a caballo. Pero estoy despierta, siempre estoy despierta cuando estás aquí. No se me escapa nada. Ni un coyote en las montañas, ni un alacrán en la arena. Todo claro. La vereda por la que llegaste a caballo. El jazmín nocturno con su aroma espumoso de leche dulce. El techo improvisado con hojas de caña en nuestra casa de adobe. Nuestra hija menor, de cinco veranos, dormida en su hamaca—*Qué mujercita eres ya Malenita.* El reír del río y los canales y la voz alta, melancólica, del viento en las ramas del alto pino.

Doy vueltas lentamente y me deslizo dentro de la casa, traigo conmigo el olor del viento nocturno, me pliego nuevamente a mi cuerpo. No te he dejado. No te dejo ni una vez. ¿Y sabes por qué? Porque cuando no estás aquí te recreo en la memoria. El aroma de tu piel, el lunar sobre la escoba de tus bigotes, cómo cabes en mis palmas. Tu piel oscura y sabrosa como piloncillo. Esta cara en mis manos. Te extraño. Te extraño aun ahora que estás acostado a mi lado.

Mirar mientras duermes el color de tu piel. Ver cómo a la media luz de la luna emites tu propia luz, como si todo tú estuvieras hecho de ámbar, Miliano. Como si fueras una linternita y todo en la casa estuviera dorado también.

Antes eras tan chistoso. Muy bonachón, muy bromista. Bromeabas y cantabas fuera de tono cuando te habías echado tus copitas. Tres vicios tengo y los tengo muy arraigados: de ser borracho, jugador y enamorado.... Ay, mi vida, ¿te acuerdas? Siempre muy enamorado, ¿no? ¿Acaso eres todavía aquel muchacho que conocí en la feria de San Lázaro? ¿Acaso soy la muchacha que besaste bajo ese arbolito de aguacate? Parece tan lejos de aquellos días, Miliano.

Arrastramos a estos cuerpos nuestros por aquí y por allá, estos cuerpos que no tienen absolutamente nada que ver contigo, conmigo, con quien somos en realidad, estos cuerpos que nos dan placer y pena. Aunque he aprendido a abandonar el mío a voluntad, me parece que nunca nos liberamos completamente hasta que amamos, cuando nos perdemos uno dentro del otro. Entonces vemos un poquito de lo que se llama cielo. Cuando podemos estar tan cerquita que ya no somos Inés y Emiliano, sino algo más grande que nuestras vidas. Y podemos perdonar al fin.

Tú y yo, nunca hemos sido de mucho hablar, ¿no te parece? Pobrecito, no sabes cómo hablar. En lugar de hablar con los labios, me rodeas con una pierna mientras dormimos para darme a entender que todo está bien. Y nos quedamos dormidos así, con un brazo tuyo o una pierna, o unos de esos pies largos de chango tuyos, tocándome. Tu pie dentro del hueco de mi pie.

¿Te sorprende que no pase por alto cositas así? Hay tantas cosas que no olvido aun cuando me convendría olvidarlas.

Inés, por el amor que te tengo. Cuando mi padre me suplicó, no puedes imaginarte cómo me sentí. Cómo fue que un dolor entró a mi corazón como una corriente de agua fría y en esa corriente estaban los días por venir. Mas no dije nada.

Bueno pues, dijo mi padre, *que Dios te ayude. Saliste como la perra que te parió.* Entonces se dio la media vuelta y me quedé sin padre.

Nunca me había sentido tan sola como aquella noche. Junté mis cosas en el rebozo y salí corriendo a la oscuridad a esperarte bajo la jacaranda. Por un momento me abandonó el valor. Quería darme la media vuelta, gritar, 'apá, rogarle que me perdonara y regresar a dormir en mi petate contra la pared de carrizo y levantarme antes del amanecer a preparar el maíz para las tortillas del día.

Perra. Esa palabra, la manera en que mi padre la escupió, como si en aquella sola palabra estuviera yo traicionando todo el amor que él me había dado durante tantos años, como si estuviera cerrando todas las puertas de su corazón.

¿Dónde podría esconderme de la ira de mi padre? Podía apagar los ojos y cerrar las bocas de todos los santos que hablaban mal de mí, pero no podía evitar que mi corazón escuchara aquella palabra—*perra.* Mi padre, mi amor, que no quería saber ya de mí.

No te gusta que hable de mi padre, ¿verdad? Ya sé, tú y él nunca, bueno... ¿Te acuerdas de esa cicatriz gruesa sobre su ceja izquierda? Lo pateó una mula cuando era niño. Sí, así sucedió. Tía Chucha dijo que por eso a veces se portaba como una mula—pero tú eres tan terco como él, ¿no?, y a ti no te pateó ninguna mula.

Es cierto, nunca le caíste bien. Desde los días en que empezaste a vender y comprar ganado por todos los ranchitos. Para cuando estabas trabajando en los establos de la capital no se podía ni mencionar tu nombre. Porque tú nunca habías dormido bajo un techo de palma, dijo. Porque eras un charro y no usabas la manta blanca del campesino. Luego murmuraba, un poco fuerte para que lo oyera, *Ése no sabe lo que es oler su propia mierda.*

Siempre pensé que tú y él eran enemigos perfectos porque se parecían tanto. Excepto, que a diferencia tuya, él no servía para la guerra. Nunca te platiqué cómo el gobierno lo obligó a enlistarse. Allá a Guanajuato es a donde lo mandaron cuando tú estabas ocupado con los carrancistas y los muchachos de Pancho Villa le estaban dando guerra a todos allá en el norte. Mi padre, que nunca había ido más allá de Amecameca, con el pelo cano y decaído como estaba, pues se lo llevaron. Era la época en que a los muertos los apilaban en las esquinas de las calles como piedras, cuando no era seguro para nadie, hombre o mujer, salir a la calle.

No había qué comer, Tía Chucha con fiebre y yo cuidando de todos. Mi padre dijo que sería mejor que fuera a ver a su hermano Fulgencio en Tenexcapán, para ver si ellos tenían maíz. *Llévate a Malenita,* le dije. *Con una criatura no te molestarán.*

Y así salió mi padre rumbo a Tenexcapán, arrastrando a Malenita de la mano. Pero cuando empezó a caer la noche y no habían regresado, bueno, pues imagínate. Fue la viuda Elpidia la que tocó a la puerta, con Malenita chillando y con la noticia de que se habían llevado a los hombres a la estación del ferrocarril. *¿Al sur a los campos de trabajo o al norte a pelear?* preguntó Tía Chucha. *Si Dios quiere,* dije, *estará a salvo.*

Aquella noche, Tía Chucha y yo soñamos esto. Mi padre y mi tío Fulgencio parados contra la pared trasera del molino de arroz. *¿Quién vive?* Pero no contestan, temerosos de dar el viva que no es. *Dispárenles; después discutimos de política.*

Al momento en que los soldados están a punto de disparar, un oficial, un conocido de mi padre de antes de la guerra, llega con su caballo y da órdenes de que los pongan en libertad.

Luego se llevaron a mi padre y a mi Tío Fulgencio a la estación, los metieron en vagones junto a los demás y no los dejaron salir hasta que llegaron a Guanajuato, donde les repartieron armas con órdenes de disparar a los villistas.

Con el susto del pelotón de fusilamiento y todo eso, mi padre no volvió a ser el de antes. En Guanajuato lo tuvieron que mandar al hospital militar, donde sufrió un ataque pulmonar. Le sacaron tres costillas para curarlo y cuando estaba finalmente lo suficientemente recuperado como para viajar, nos lo mandaron de vuelta.

Durante toda la estación de secas mi padre vivió así, respirando por un agujero en la espalda. En aquella época yo tenía que limpiarlo con resina pegajosa de pino y envolverlo con vendas limpias todas las mañanas. La herida supuraba una espuma como el zumo de un nopal, pegajoso y transparente y con un olor a la vez dulce y terrible, como flores de magnolia pudriéndose en la rama.

Hicimos todo lo que pudimos para curarlo mi Tía Chucha y yo. Luego, una mañana, una chachalaca voló dentro de la casa y se golpeó contra el techo. Apenas con sarapes y la escoba pudimos sacarla entre las dos. No dijimos nada, pero lo pensamos durante mucho rato.

Antes de la siguiente luna nueva soñé que estaba en la iglesia rezando un rosario. Pero lo que tenía entre las manos no era mi rosario de cuentas de cristal, sino uno de dientes humanos. Lo dejaba caer y los dientes rebotaban sobre la losa como perlas de un collar. El sueño y el pájaro eran señal suficiente.

Cuando mi padre pronunció el nombre de mi madre por última vez y, al morir, las sílabas salieron atragantadas y tosidas de esa otra boca, como la voz de un ahogado, expiró finalmente con un último aliento por el mismo agujero que lo había matado.

Lo enterramos así, con las tres costillas que le faltaban envueltas en un pañuelo que mi madre le había bordado con sus iniciales y con la marca de la pezuña de mula bajo su ceja izquierda.

Durante ocho días la gente llegó a rezar el rosario. Como ya hacía mucho que todos los curas se habían escapado, tuvimos que pagarle a un rezandero para que oficiara la extremaunción. Tía Chucha puso la cruz de cal y arena y colocó las flores y la veladora; al noveno día, mi tía levantó la cruz y pronunció el nombre de mi padre—Remigio Alfaro—y el espíritu de mi padre voló y nos dejó.

Pero supón que él no nos dé su permiso.

Ese viejo cabrón, primero nos morimos que nos dé su permiso. Mejor nomás nos juyimos. No puede estar enojado para siempre.

Ni siquiera en su lecho de muerte te perdonó. Me supongo que tú tampoco lo has perdonado por llamar a las autoridades. Estoy segura que su intención era nomás que te asustaran un poquito, para recordarte de tus obligaciones conmigo ya que estaba esperando a tu hijo. Quién se hubiera imaginado que te forzarían a enlistarte en la caballería.

No puedo pedir disculpas en nombre de mi padre, pero

bueno, ¿qué íbamos a pensar, Miliano? Esos meses en que te desapareciste, escondiéndote en Puebla por eso de las firmas de protesta, la labor de la campaña de organización política, el trabajo para el Comité de Defensa del pueblo. Yo tan ancha como un barco, Nicolás por nacer de un momento a otro y tú por ningún lado, sin mandar dinero ni una palabra. Yo tan joven, no sabía qué hacer más que abandonar nuestra casa de piedra y adobe y regresar a la de mi padre. ¿Estuvo mal que hiciera eso? Tú dime.

Podía soportar el enojo de mi padre, pero temía por el niño. Ponía la mano sobre mi vientre y murmuraba—Hijo mío, nace cuando la luna esté tierna; hasta un árbol debe podarse bajo la luna llena para que crezca fuerte. Y a la siguiente luna llena di a luz. Tía Chucha alzaba a nuestro precioso niño de pulmones fuertes.

Dos temporadas de siembra fueron y vinieron y nos estábamos preparando para la tercera cuando regresaste de la caballería y conociste a tu hijo. Pensé que te habías olvidado de la política por completo y que podríamos seguir adelante con nuestras vidas. Pero para fin de año ya estabas detrás de la campaña para elegir a Patricio Leyva como gobernador, como si todos los problemas con el gobierno y con mi padre no te hubieran servido de nada.

Me diste un par de aretes de oro como regalo de boda, ¿te acuerdas? *Nunca dije que me casaría contigo, Inés. Nunca.* Dos arracadas de filigrana con florecitas y flecos. Las enterré cuando llegó el gobierno y después regresé por ellas. Pero cuando no había nada que comer más que pelos de elote hervidos, hasta ésas tuve que vender. Fueron las últimas cosas que vendí.

Nunca. Me hacía sentir un poco loca cuando me arrojabas eso. Esa palabra con toda su fuerza.

Pero, Miliano, yo creí que...

Entonces fuiste una tonta por haber creído.

Eso fue hace años. Todos tenemos la culpa de decir cosas que no queríamos decir. *Yo nunca dije...* ya sé. No quieres escucharlo.

¿Qué soy yo para ti ahora, Miliano? ¿Cuando me dejas? ¿Cuando dudas? ¿Cuando vacilas? La última vez diste un suspiro que hubiera cabido en una cuchara. ¿Qué quisiste decir con eso?

Si me quejo de estas preocupaciones mías de mujer, ya sé lo que me vas a decir—Inés, no es momento para hablar de eso—espérate hasta después. Pero Miliano, ya me cansé que me digan que me espere.

Ay, no entiendes. Aun si tuvieras las palabras, no me lo podrías decir nunca. No conocen su propio corazón, hombres. Aun cuando están hablando con él en la mano.

Tengo mi ganado, un poco de dinero que me dejó mi padre. Voy a fincar una casa de piedra y adobe para nosotros en Cuautla. Podemos vivir juntos y después ya veremos.

Nicolás está loco con sus dos vacas. La Fortuna y la Paloma. Porque ya es un hombre, dijiste, cuando le diste su regalo de cumpleaños. Cuando tú tenías trece años, ya andabas comprando y revendiendo animales por todas las rancherías. Para saber si un animal es trabajador se le hacen cosquillas en la espalda ¿no? Si ni siquiera puja o no se molesta es que es muy flojo y no sirve para nada. Ves, he aprendido todo eso de ti.

¿Te acuerdas de la yegua que encontraste en Cuernavaca? Alguien la había escondido en una recámara del segundo piso, salvaje y briosa de estar acorralada tanto tiempo. Había sacado la cabeza entre el fleco dorado de las cortinas de terciopelo justo cuando pasabas montado por ahí, justo en ese momento. Una belleza como ésa haciendo su aparición desde un balcón como una mujer esperando su serenata. Te reíste y bromeaste y la llamaste la Coquetona ¿te acuerdas? La Coquetona; sí.

Cuando te conocí en la feria de San Lázaro, todos sabían que eras el hombre más diestro con los caballos en el estado de Morelos. Todos los dueños de las haciendas querían que trabajaras para ellos. Hasta allá en la Ciudad de México. Un charro entre charros. El ganado, los caballos comprados y vendidos. Sembrabas un poco cuando no había mucho que hacer. Tu hermano Eufemio te pedía prestado una y otra vez porque se había malgastado cada peso de su herencia, pero tú siempre orgulloso de ser independiente ¿no? Una vez confesaste que uno de los días más felices de tu vida había sido la cosecha de la sandía que te produjo alrededor de 600 pesos.

¿Y mi recuerdo más feliz? La noche en que vine a vivir contigo, claro. Me acuerdo que tu piel olía dulce como la cáscara de sandía, como los campos después de la lluvia. Quería que mi vida empezara ahí, en el momento en que equilibraba ese cuerpo tuyo de niño delgado sobre el mío, como si estuvieras hecho de balsa, como si fueras barco y yo río. Los días venideros, pensé, mientras borraba el escozor amargo de la despedida de mi padre.

Ha habido demasiado sufrimiento, una parte demasiado grande de nuestros corazones se ha endurecido y secado como un cadáver. Hemos sobrevivido, hemos comido zacate, olotes y verduras podridas. Y las epidemias han sido tan peligrosas como los federales, los desertores, los bandoleros. Nueve años.

En Cuautla apestaba de tanto muerto. Nicolás salía a jugar con los casquillos de bala que había juntado o a ver cómo enterraban a los muertos en las trincheras. Una vez amontonaron los cuerpos de cinco federales en el zócalo. Les registramos los bolsillos para encontrar dinero, joyas, cualquier cosa que pudiéramos vender. Cuando quemaron los cuerpos, la grasa les escurría a chorros y brincaban y se retorcían como si estuvieran tratando de sentarse. Nicolás tuvo sueños horribles después de lo ocurrido. A mí me daba mucha pena decirle que yo también los tuve.

Primero no podíamos soportar ver los cuerpos colgados de los árboles. Pero después de muchos meses te acostumbras a ellos, se enroscan y se secan como cueros en el sol día tras día, colgados como aretes, de manera que ya no dan horror, ya no significan nada. Tal vez eso es lo peor.

Tu hermana me dice que Nicolás sigue tu ejemplo últimamente, nervioso y rápido con las palabras, como una tolvanera repentina o una lluvia de chispas. Cuando te fuiste con la Séptima Caballería, Tía Chucha y yo le soplábamos humo en la boca a Nicolás para que aprendiera a hablar pronto. Los demás niños de su edad balbuceaban como monos, pero Nicolás siempre silencioso, siempre siguiéndonos con esos ojos que tienen todos tus parientes. Ésos no son los ojos de los Alfaro, recuerdo que mi padre decía.

El año en que regresaste de la caballería, nos mandaste llamar a mí y al niño, y vivimos en la casa de piedra y adobe. De tus silencios entendí que no debía cuestionar nuestro matrimonio. Era lo que era. Y ya. Me preguntaba dónde estabas las semanas en que no te veía y por qué llegabas sólo por unas cuantas noches, siempre después del anochecer para irte antes del amanecer. Nuestras vidas seguían su curso como lo habían hecho antes. ¿De qué sirve tener un esposo y no tenerlo? pensé.

Cuando empezaste a meterte en la campaña de Patricio Leyva, no te vimos durante meses. A veces el niño y yo regresábamos a la casa de mi padre, donde me sentía menos sola. *Sólo por unas noches,* decía, y desenrollaba mi petate en mi rincón de antes contra la pared de carrizo de la cocina. *Hasta que regrese mi esposo.* Pero unas cuantas noches se convertían en semanas y las semanas en meses, hasta que pasaba más tiempo bajo el techo de palma de mi padre que bajo nuestro techo de tejas.

Así es como pasaron las semanas y los meses. Tu elección al consejo del pueblo. Tu labor defendiendo los títulos de las tierras. Luego la repartición de las parcelas cuando tu nombre empezó a sonar por los poblados, por arriba y abajo del río Cuautla. Zapata por aquí y Zapata por allá. No podía ir a ningún lado sin oírlo. Y cada vez una especie de miedo penetraba mi corazón como una nube que se cruzaba ante el sol.

Pasaba los días masticando este veneno mientras molía el maíz, pretendiendo ignorar lo que decían las otras mujeres que lavaban en el río. Que tú tenías varios pasatiempos. Que había una tal María Josefa en Villa de Ayala. Luego nomás se reían. Era peor para mí aquellas noches en que sí llegabas y te acostabas a mi lado. Me quedaba despierta mirándote y mirándote.

En el día, podía aguantar el dolor, me despertaba antes del amanecer a preparar las tortillas del día, me ocupaba con el quehacer, con las pípilas, el sembrar y cosechar de las hierbas de olor. El niño usaba ya su primer par de pantalones y se metía en líos cuando nadie lo cuidaba. Había mucho con qué distraerme en el día. Pero en la noche, no te imaginas.

Tía Chucha me hizo beber un té de flor de corazón—*yoloxóchitl,* la flor del árbol de magnolia—pétalos suaves y sin costura como una lengua. *Yoloxóchitl, flor de corazón,* con su aliento a vainilla y miel. Me preparó un tónico con las flores secas y me aplicó una pomada, mezclada con clara de huevo, sobre la piel sensible a la altura del corazón.

Era la época de lluvias. *Plom ... plom plom.* Toda la noche escuché ese collar de perlas, roto, cuenta tras cuenta tras cuenta rodaba por las hojas enceradas de mi corazón.

Viví con ese desconsuelo dentro de mí Miliano, como si no

existiera el porvenir. Y cuando parecía que el dolor no me iba a abandonar, envolví un colibrí seco en uno de tus pañuelos, fui al río, murmuré, *Virgencita ayúdame,* lo besé y luego arrojé el bulto al agua donde desapareció por un momento antes de flotar río abajo en un remolino vertiginoso de espuma.

Esa noche, mi corazón daba vueltas y revoloteaba contra mi pecho y algo bajo mis párpados palpitaba tan furiosamente que no me dejaba dormir. Cuando me sentí dando vueltas contra las vigas de la casa, abrí los ojos. Podía ver perfectamente en la oscuridad. Debajo de mí—todos nosotros durmiendo. Yo misma, en mi petate arrinconado en la pared de la cocina, el niño dormido a mi lado. Mi padre y mi Tía Chucha dormidos en su rincón de la casa. Luego sentí el cuarto girar una, dos veces, hasta que me encontré bajo las estrellas, volando sobre el arbolito de aguacate, sobre la casa y el corral.

Pasé la noche en un círculo delirante de tristeza, de alegría, dando vueltas y vueltas sobre nuestro techo de palma, el mundo tan claro como si brillara el sol de mediodía. Y cuando llegó el amanecer volé de regreso a mi cuerpo, que me esperaba pacientemente donde lo había dejado, ahí sobre el petate junto a nuestro Nicolás.

Cada noche volaba un círculo más amplio. Y en el día me retraía más y más, vivía sólo para aquellos vuelos nocturnos. Mi padre murmuraba a mi Tía Chucha, *Ojos que no ven, corazón que no siente.* Pero mis ojos sí veían y mi corazón sufría.

Una noche por encima de las milpas y más allá del tlacolol, por encima de barrancas y breñas, más allá de los techos de palma de los jacales y el arroyo donde lavan las mujeres, más allá de las brillantes buganvillas, por encima de los desfiladeros y sobre campos de arroz y maíz, volé. Los tallos desgarbados de los platanares se mecían a mi paso. Vi ríos de agua fría y un río de agua tan amarga que dicen que proviene del mar. No me detuve hasta llegar a un bosquecillo de laureles altos que susurraban en el centro de una plaza donde todas las casas blanqueadas brillaban azules como abulón bajo la luna llena. Y recuerdo que mis alas eran azules y silenciosas como las alas de un tecolote.

Y cuando me posé sobre la rama de un árbol de tamarindo frente a la ventana, te vi dormido junto a esa mujer de Villa de Ayala, esa mujer que es tu esposa durmiendo a tu lado. Y su piel brillaba azul a la luz de la luna y tú eras azul también.

No era como me la había imaginado. Me acerqué y examiné su pelo. Solamente una mujer común con su olor a mujer común. Abrió la boca y dio un gemido. Y tú la acercaste a ti, Miliano. Entonces sentí un dolor terrible en mi interior. Ustedes dos dormidos así, tu pierna caliente contra la de ella, tu pie dentro del hueco de su pie.

Dicen que fui yo la que causó la muerte de sus hijos. Por celos, por envidia. ¿Tú qué dices? Su niño y su niña ambos muertos antes de dejar de mamar teta. Ya no te dará más hijos. Pero mi niño y mi niña viven.

Cuando un cliente se aleja después de oír tu precio y luego regresa, entonces puedes subirle más. Cuando sabes que tienes lo que él busca. Algo que aprendí de tus años de revender caballos.

Te casaste con ella, con esa mujer de Villa de Ayala, es cierto. Pero mira, regresaste a mí. Siempre regresas. Entre y más allá de las otras. Ésa es mi magia. Regresas a mí.

Me visitaste otra vez el jueves pasado. Te arranqué de la cama de la otra. Te soñé y, cuando desperté, estaba segura de que tu espíritu acababa de revolotear del cuarto. Ya otras veces te he arrancado de tu sueño y te he metido al mío. Te he enredado como un rizo alrededor de un dedo. Amor, llegaste con el corazón lleno de pájaros. Y cuando no me obedecías y no venías cuando te lo ordenaba, me convertía en el alma de un tecolote y hacía la guardia sobre las ramas de una jacaranda púrpura junto a tu puerta para asegurarme de que nadie le hiciera daño a mi Miliano mientras dormía.

Mandaste una carta con un mensajero ¿cuántos meses después? En un papel fino y arrugado como si estuviera hecho de lágrimas.

Quemé copal en una olla de barro. Aspiré el humo. Recé una oración en mexicano a los dioses antiguos, un Ave María en español a la Virgen y di gracias. Venías camino a casa. La casa de piedra y adobe aereada y barrida hasta quedar limpiecita, la noche dulce con el aroma a velas que habían estado ardiendo continuamente desde que te vi en el sueño. Poco después de que Nicolás se había quedado dormido, el repiquetear de los cascos.

Un silencio entre nosotros como un lenguaje. Cuando te abracé, temblaste, un árbol en la lluvia. Ay, Miliano, me acuerdo de eso y me ayuda a pasar los días sin amargura.

¿Qué le dijiste a ella de mí? *Eso fue antes de que te conociera, Josefa. Ese capítulo de mi vida con Inés Alfaro está terminado.* Pero soy una historia que nunca se acaba. Jala un hilo y se deshilacha toda la tela.

Justo antes que vinieras por Nicolás, se puso chípil, aunque ya estaba grandecito. Pero era cierto, estaba yo esperando otra vez. Malena nació sin hacer ruido, porque se acordó de cómo había sido concebida—las noches entrelazadas una alrededor de la otra como humo.

Tú y Villa marchaban triunfalmente por las calles de la Ciudad de México, tu sombrero cargado de flores que las muchachas bonitas te echaban. El ala abultada por el peso como una canasta.

Nombré a nuestra hija como mi madre. María Elena. En contra de los deseos de mi padre.

Tienes tus pasatiempos. Así se dice, ¿no? Tus muchos pasatiempos. Sé que te llevas a la cama a mujeres que tienen la mitad de mis años. Mujeres de la edad de nuestro Nicolás. Has dejado a muchas madres llorando, como dicen.

Dicen que tienes tres mujeres en Jojutla, bajo el mismo techo. Y que tus mujeres se tratan unas a otras *con una armonía extraordinaria, hermanas de la causa que creen en el bien último de la revolución.* Yo digo que se vayan todos al diablo, esos periodistas y la madre que los parió. ¿Acaso me preguntaron a mí?

Estas rancheritas estúpidas, ¿cómo pueden resistirte? El Zapata magnífico con su elegante traje de charro, montado sobre un caballo espléndido. Tu sombrero ancho, un halo alrededor de tu cara. No eres un hombre para ellas; eres una leyenda, un mito, un dios. Pero también eres mi esposo. Aunque sólo sea a veces.

¿Cómo puede ser feliz una mujer enamorada? Amar así, amar con tanta fuerza como se odia. Así somos las mujeres de mi familia. Nunca olvidamos algo injusto. Sabemos amar y sabemos odiar.

He visto a tus otros hijos en mis sueños. María Luisa, de esa Gregoria Zúñiga en Quilamula después de que Luz, su hermana gemela, muriera sin darte hijos. Diego, nacido en Tlatizapán de esa mujer que se hace llamar *la Señora de* Jorge Piñeiro. Ana María, en Cuautla, de esa cabrona Petra Torres. Mateo, hijo de esa cualquiera, Jesusa Pérez de Temilpa. Todos tus hijos nacidos con esos ojos de Zapata.

Sé lo que sé. Que duermes acurrucado en mis brazos, que me amas con un placer cercano al sollozo, que calmo el temblor en tu pecho y te abrazo, te abrazo, hasta que esos ojos tuyos miran a los míos.

Tus ojos. ¡Ay! Tus ojos. Ojos con dientes. Terribles como la obsidiana. El porvenir en esos ojos, los días pasados. Y bajo esa ferocidad, algo antiguo y tierno como la lluvia.

Miliano, Milianito. Y te canto esa canción que les cantaba a Nicolás y Malenita cuando eran chicos y no podían dormir.

Temporadas de guerra, un poco de paz a medias aquí y allá y luego guerra y guerra otra vez. Subimos corriendo a los cerros cuando vienen los federales, bajamos de nuevo cuando ya se han ido.

Antes de la guerra, eran los caciques los que andaban detrás de las jovencitas y las mujeres casadas. Parece que tenían mano en todo—la tierra, la ley, las mujeres. ¿Te acuerdas cuando encontraron a ese desgraciado de Policarpo Cisneros en brazos de la muchacha Quintero? ¡Virgen purísima! Ella era sólo una cosita de doce años. Y él, ¿qué? Por lo menos ochenta, me imagino.

Desgraciados. Todos miembros de un ejército en contra nuestra, ¿no? Los federales, los caciques, a cual más de malos, robándose nuestras gallinas, robándose a las mujeres en la noche. Aquellos aullidos largos y agudos que echaban ellas cuando se las llevaban. Cuando amanecía ya estaban de vuelta y les decíamos *Buenos días* como si no hubiera pasado nada.

Desde que empezó la guerra nos hemos acostumbrado a dormir en el corral. O en los cerros, en los árboles, en las cuevas, con las arañas y los alacranes. Nos escondemos lo mejor que podemos cuando llegan los federales, detrás de las rocas o en las barrancas o en los pinos y el zacate alto cuando no queda otro lugar donde esconderse. A veces construyo una guarida con carrizo para nosotros en el monte. A veces la gente de tierra fría nos da agua hervida endulzada con caña de azúcar y nos quedamos ahí hasta que recuperamos un poco de fuerzas, hasta que el sol nos calienta los huesos y podemos bajar otra vez cuando el peligro pasa.

Antes de la guerra, cuando Tía Chucha vivía, pasábamos los días vendiendo en los mercados de los pueblos—pollos, guajolotes, telas, café, las hierbas que recogíamos en los cerros o que crecían en la huerta. En eso se nos iban las semanas y los meses.

Vendí pan y velas. En ese entonces sembré maíz y frijoles y a veces también cortaba café. He vendido de todo un poco. Hasta sé comprar animales y revenderlos. Y ahora sé trabajar el tlacolol, que es lo peor de todo—las manos, los pies, se parten, se hinchan; lloran de tanto usar el machete y el azadón.

De cuando en cuando encuentro camotes en los campos abandonados o calabaza o maíz. Y nos lo comemos crudo, demasiado cansados, demasiado hambrientos para cocinar lo que nos llega. Como los pájaros, hemos comido lo que podíamos picotear de los árboles: ora una guayaba, ora un mango, tamarindos y almendras en temporada. Sin maíz para las tortillas, nos las arreglamos comiendo el olote al igual que la flor cuando no había grano.

Mi metate, mi rebozo bueno, mi huipil fino, mis aretes de filigrana, todo lo que podía vender, lo he vendido. Cuando la suerte trae un puñado, el cuartillo de maíz se vende por un peso y un tostón. Lo remojo, lo hiervo, lo muelo, ni siquiera espero a que se enfríe... unas cuantas tortillas para darle de comer a Malenita, siempre con hambre, y si es que algo sobra, me lo como yo.

Tía Chucha agarró un aire en tierra caliente. Usé todos sus remedios y los míos, plumas de guacamaya, huevos, granos de cacao, aceite de manzanilla, romero, pero no hubo cura para ella. Creí que me iba a acabar de tanto llorar, toda la familia del lado de mi madre se me iba, pero había que pensar en la niña. No había sino seguir adelante, aguantar, hasta olvidar esa pena. Ay, qué tiempos tan horribles aquéllos.

Sigo sobreviviendo, escondiéndome, buscando, aunque sólo sea por el bien de Malenita. Nuestras milpitas, así la vamos pasando. El gobierno se lleva el maíz, los pollos, mis pipilitas y conejos de feria. Todos han tenido su turno de hacernos el mal.

Ahora te voy a contar de cuando quemaron la casa, la que nos compraste. Yo tenía fiebre. Dolor de cabeza y una punzada terrible por detrás de las pantorrillas. Pulgas, criaturas que lloraban, disparos en la distancia, alguien que gritaba *el gobierno*, un galope de caballos en mi cabeza y los gritos de aquellos que se enlistaban en la tropa y aquellos que se quedaban. Apenas me las arreglé para arrastrarme a los cerros. Malenita estaba haciendo un coraje y se negaba a caminar, chupaba el cuello de la blusa y lloraba. La tuve que cargar a espaldas y sus piecitos me iban dando patadas todo el camino hasta que le di media tortilla dura para que comiera; se le olvidó el enojo y se quedó dormida. Ya para cuando el sol estaba caliente y estábamos lo bastante lejos como para sentirnos a salvo, me sentí débil. Dormí sin soñar, abrazando el cuerpo fresco de Malenita contra mi cuerpo ardiente. Cuando me desperté, el mundo estaba lleno de estrellas y las estrellas me llevaron de vuelta al pueblo y me mostraron.

Pues bien, así sucedió. El pueblo ya no parecía nuestro pueblo. Los árboles, las montañas contra el cielo, la tierra, sí, eso era todavía como lo recordábamos, pero el pueblo ya no era un pueblo. Todo cacarizo y en ruinas. Nuestra casa con su techo de tejas había desaparecido. Las paredes chamuscadas y tiznadas. Las ollas, los sartenes, los cántaros, los platos, hechos añicos a hachazos; nuestros rebozos y sarapes desgarrados y pisoteados. La semilla que habíamos dejado, la que habíamos ahorrado y guardado ese año, desperdigada, los pájaros la disfrutaban.

Las gallinas, las vacas, los puercos, las cabras, los conejos, todos muertos con furia y saña. Ni siquiera los perros se habían salvado y colgaban amarrados de los árboles. Los carrancistas destruyeron todo, porque, como ellos dicen, *Aquí hasta las piedras son zapatistas.* Y lo que no destruyeron se lo llevaron sus mujeres, que descendían tras ellos como una plaga de zopilotes para dejarnos en los puros huesos.

Es culpa de ésa, dijeron los del pueblo cuando regresaron. Nagual. Bruja. Entonces comprendí qué tan sola estaba.

Miliano, esto que hoy cuento sólo a ti te lo digo. A nadie se lo había confiado y es necesario decirlo porque no estaría tranquila si no lo desechara de mi ser.

Dicen que cuando era niña hice que una granizada echara a perder el maíz nuevo. Cuando estaba tan chica que ni siquiera me acuerdo. En Tetelcingo es lo que dicen.

Por eso los años en que la cosecha era mala y los tiempos muy duros, me querían quemar con leña verde. En vez de eso fue a mi madre a quien mataron, pero no con leña verde. Cuando la entregaron a nuestra puerta, lloré hasta que me acabé llorando. Estuve enferma, enferma durante varios días, y dicen que vomité gusanos, pero no me acuerdo de eso. Sólo de los sueños horribles que sufrí mientras duró la fiebre.

Mi Tía Chucha me curó con ramas de árbol de chile y con la escoba. Y durante mucho tiempo después, mis piernas se sentían como si estuvieran rellenas de trapos y seguía viendo estrellitas moradas centelleando y girando rápidamente fuera de mi alcance.

No fue hasta que me sentí mejor como para salir otra vez que me fijé en las cruces de flores prensadas de pericón en todas las puertas del pueblo y también en la milpa. De ahí en adelante, los del pueblo me evadían como si quisieran castigarme al retirarme el habla, tal como habían castigado a mi madre con esas palabras que aporreaban y retumbaban como el granizo que mató al maíz.

Es por eso que nos tuvimos que mudar los siete kilómetros de Tetelcingo a Cuautla, como si fuéramos de ese pueblo y no de aquél. Fue así como llegamos a vivir con mi Tía Chucha, que poco a poco tomó el lugar de mi madre como mi maestra y luego como la mujer de mi padre.

Mi Tía Chucha fue quien me enseñó a usar mi visión, tal como su madre le había enseñado a ella. Las mujeres de mi familia siempre hemos tenido el poder de ver con algo más que los ojos. Mi madre, mi Tía Chucha, yo. Nuestra Malenita también.

Es sólo ahora cuando murmuran bruja, nagual, a mis espaldas, tal como habían lanzado esas palabras a mi madre, que me doy cuenta cómo nos parecemos mi madre y yo. Cómo es que las palabras tienen su propia magia. Cómo una palabra puede seducir y otra matar. Esto he comprendido.

Mujeriego. Me disgusta la palabra. ¿Por qué no hombreriega? ¿Pues por qué no? La palabra pierde su brillo. Hombreriega. ¿Acaso eso soy? ¿Mi madre? Pero en boca de los hombres esa palabra es pesada y tiene filo de pedernal, hace del cuerpo un tambor, algo para mutilar y amoratar y a veces matar.

¿Qué soy yo para ti? ¿esposa de vez en cuando? ¿tu querida? ¿puta? ¿cuál? Ser una no es tan terrible como ser todas.

He necesitado oírlo de ti. Para confirmar lo que siempre he creído que sé. Dirás que me he vuelto loca de vivir de zacate seco y pelos de elote. Pero te juro que nunca he visto más claro que en estos días.

Ay, Miliano, ¿que no te das cuenta? Las guerras empiezan aquí, en nuestros corazones y en nuestras camas. Tienes una hija. ¿Cómo quieres que la traten? ¿Como me trataste a mí?

Todo lo que he deseado han sido palabras, esa magia para calmarme un poco, algo que tú no me pudiste dar.

Los meses en que desaparecí, no creo que hayas entendido mis razones. Supuse que yo no te importaba. Sólo Nicolás te importaba. Y fue entonces que me lo arrebataste.

Cuando a Nicolás se le cayó su último diente de leche, lo mandaste llamar, lo confiaste a tu hermana. Ha vivido como un venado en el cerro, a veces siguiéndote, otras adelantándose a tus campañas, siempre a la mano. Ya sé. Lo dejo ir. Estuve de acuerdo, sí, porque un niño debe estar con su padre, dije. Pero la verdad es que quise que una parte de mí estuviera siempre revoloteando cerca de ti. Qué duro ha de ser para ti dejar que Nicolás se vaya. Y sin embargo, él siempre es tuyo. Siempre.

Cuando los federales aprehendieron a Nicolás y se lo llevaron a Tepaltzingo, llegaste con él dormido en los brazos después de que tu hermano y Chico Franco lo rescataran. Si algo le pasa a este niño, dijiste, si algo... y empezaste a llorar. No dije nada Miliano, pero no te imaginas cómo en ese instante quería ser pequeña y caber en tu corazón, quería pertenecerte como el niño y saber que me amabas.

Si he de ser bruja, pues que así sea, dije. Y me dio por comer cosas negras—huitlacoche, café, chiles oscuros, la parte magullada de la fruta, las cosas más oscuras y negras para hacerme dura y fuerte.

Rara vez hablas. Tu voz, Miliano, delgada y ligera como la de una mujer, casi delicada. Tu modo de hablar es súbito, rápido, como agua que salta. Y sin embargo, sé de lo que esa voz tuya es capaz.

Recuerdo después de la masacre de Tlatizapán, 286 hombres y mujeres y niños asesinados por los carrancistas. Tu figura delgada, demacrada y encogida, tu cara pequeña y oscura bajo tu sombrero ancho. Recuerdo que hasta tu caballo se veía medio muerto de hambre y bronco en ese día caluroso y empolvado del mes de junio.

Era como si la miseria se riera de nosotros. Hasta el cielo estaba triste, la luz plomiza y opaca, el aire pegajoso, todo estaba cubierto de moscas. Las mujeres llenaban las calles buscando a sus muertos entre los cadáveres.

La gente ya estaba cansada, agotada de huir de los carrancistas. El gobierno seguía correteándonos casi en Jojutla. Pero tú hablaste en mexicano, nos hablaste en nuestra lengua con el corazón en la mano, Miliano, y por eso te escuchamos. La gente estaba cansada, pero escuchaba. Cansada de sobrevivir, de vivir, de aguantar. Muchos desertaban y regresaban a sus pueblos. *¿Ustedes son los que ya no quieren pelear?* dijiste, *¡vamos entonces al diablo! ¿Qué es eso que están cansados? Cuando me eligieron, dije que los representaría si ustedes me apoyaban. Pues ahora me deben apoyar, yo he cumplido mi palabra. Querían a un hombre que llevara los pantalones y he sido ese hombre. Y ahora, si ya no quieren pelear, ¿pues entonces, qué? ¡Bah! Bueno, pues ya ni modo.*

Estábamos inmundos, azorados, hambrientos, pero te seguíamos.

Bajo el arbolito de aguacate, detrás de la casa de mi padre, es donde primero me besaste. Un beso chueco, todo mal hecho, al lado de la boca. *Ahora me perteneces,* dijiste y así fue.

La manera en que llegaste montado a caballo esa mañana de la feria de San Lázaro sobre un caballo bonito tan oscuro como tus ojos. El cielo era color alazán ¿te acuerdas? Todo estaba hinchado y olía a lluvia. Una sombra fresca cayó sobre el pueblo. Estabas vestido todo de negro como es tu costumbre. Un hombre elegante, agraciado, alto y delgado.

Vestías chaqueta corta de charro de lino negro, negro pantalón ajustado de casimir con sus botonaduras de plata, camisa color lavanda, gasné de seda azul anudado al cuello. Tu sombrero lucía trenza y borla de crin; su ala ancha una franja de claveles bordados en oro y plata. Llevabas el sombrero empinado hacia adelante—no hacia atrás como otros lo acostumbran—de manera que sombreara esos ojos tuyos, esos ojos que miraban y esperaban. Aun entonces supe que estaba frente a un animal tan bronco como el mío.

¿Pero supón que mi padre no me deje?

Nos huimos, no puede estar enojado siempre.

Espérate a que termine la cosecha.

Me jalaste hacia ti bajo el arbolito de aguacate y me besaste. Un beso con sabor a cerveza tibia y a bigotes. *Ahora me perteneces.*

Fue durante la temporada de la ciruela que nos conocimos. Te vi en la feria de San Lázaro. Traía mis trenzas recogidas lejos del cuello y atadas con listones brillantes. Mi cabello recién lavado y peinado con aceite preparado con el hueso del mamey. Y el escote de mi huipil, uno blanco, me acuerdo, dejaba ver mi cuello y mis clavículas.

Tú montabas un caballo fino, con montura plateada adornada con flecos de borlas de seda rojas y negras; tus manos, manos preciosas, largas y sensibles, reposaban ligeramente sobre las riendas. Al principio te tuve miedo, pero me hice como que no. Qué bonito caracoleabas tu caballo.

Me cercaste cuando traté de atravesar el zócalo, me acuerdo. Me hice la que no te veía hasta que me bloqueaste el camino con tu caballo y traté de esquivarte por un lado, luego el otro, como un becerro en un jaripeo. Podía oír la risa de tus amigos bajo las sombras de los arcos. Y cuando fue obvio que no podía esquivarte, levanté la mirada y dije, *Con su permiso.* Tú no insististe, tocaste el ala de tu sombrero y me dejaste ir y oí a tu amigo Francisco Franco, al que luego conocería como Chico, decir, *Chiquita, pero más grande que tú, Miliano.*

¿Entonces sí? No supe qué decir, estaba todavía tan chica, solo me reí y tú me besaste así, sobre los dientes.

¿Sí? y me apretaste contra el árbol de aguacate. *¿Sí o no?* Y dije que sí, luego que no, y sí, tus besos llegando entre una respuesta y otra.

¿Amor? No mencionamos esa palabra. Para ti tiene que ver con acariciar con la mirada lo que te llama la atención, luego enlazarlo y arrearlo y acorralarlo. Ese jalonear a casa lo que es fácil de agarrar.

Pero para mí no. Ni desde un principio. Eras guapo, sí, pero a mí no me gustaban los hombres guapos, pensaba que podían conseguir a quien se les antojara. Quise ser entonces ésa a la que no pudieras conseguir. No bajé la mirada como las otras muchachas cuando sentí que me mirabas.

Voy a poner una casa para nosotros. Podemos vivir juntos y luego veremos.

Pero supón que un día me dejes.

Nunca.

Espérate por lo menos a que termine la cosecha.

Recuerdo cómo tu piel ardía al tacto. Cómo olías a hoja de limón y a humo. Equilibré ese tu cuerpo delgado de niño sobre el mío.

Algo se deshizo—suavemente, como una trenza desbaratándose. Y dije, *Ay, mi chulito, mi chulito, mi chulito,* una y otra vez.

Las mañanas y las noches pienso que tu aroma está todavía en las cobijas, me despierto recordando que estás enredado en algún lugar entre el dormir y el despertar. El aroma de tu piel, el lunar sobre la escoba de tu bigote espeso, cómo cabes en mis manos.

Sería malo si te dijera lo que hago cada noche que duermes aquí, después de tu coñac y tu puro, cuando estoy segura de que por fin duermes, aspiro tu piel. Tus dedos dulces con aroma a tabaco. Las clavículas acanaladas, el nudo púrpura del pezón, el intenso color ciruela de tu sexo, las piernas delgadas y los finos pies largos.

Examino a mi antojo tus pantalones negros con sus botonaduras de plata, la preciosa camisa, el sombrero galoneado, el fino trenzado que orillea tu chaqueta de charro; admiro la hechura, las espuelas, las polainas, las apuestas botas negras.

Y cuando te vas te recreo en mi memoria. Froto calor en las yemas de tus dedos. Tomo esa tu barbilla con hoyuelo entre los dientes. Todas las partes están presentes menos tu vientre. Quiero untar mi cara en su color, decir no, no, no. Ay. Sentir su calor pasar de mi mejilla izquierda a la derecha. Pasar mi lengua desde la hendidura de tu garganta, sobre las piedras lisas de tu pecho, a través del caminito de vello bajo el ombligo, perderme en el aroma oscuro de tu sexo. Mirar, mientras duermes, el color de tu piel. Cómo en la media luz de la luna emites tu propia luz, como si fueras un hombre hecho de ámbar.

¿Acaso eres mi general? ¿O sólo mi Milianito? Pienso, no sé lo que digas tú, que no me perteneces a mí, ni a esa mujer de Villa de Ayala. No le perteneces a nadie, ¿no? Sólo a la Tierra. La madre Tierra que nos mantiene y cuida. A todos nosotros.

Subo más y más arriba, la casa se cierra como un ojo. Vuelo más lejos que nunca, más allá de las nubes, más allá de nuestro Señor Sol, el marido de la Luna. Hasta que de un solo golpe veo debajo de mí y veo nuestras vidas, nítidas e inmóviles, lejos y cerca.

Y veo nuestro futuro y nuestro pasado, Miliano, un sólo hilo ya vivido y sin nada que podamos hacer al respecto. Y veo la cara del hombre que te traicionará. El lugar y la hora. El regalo de un caballo color polvo de oro. Un desayuno de cerveza tibia dando vueltas en tu estómago. Las puertas de la hacienda abriéndose. Los clarines sonoros dando el toque de honor. Tirilí tirí. Las balas como una lluvia repentina de piedras. Y en ese instante, una sensación casi de alivio. Y de soledad, así como esa otra soledad del nacer.

Y veo mi huipil limpio y mi rebozo de seda de domingo. Mi rosario colocado entre las manos y una cruz de palma bendita. Durante ocho días la gente llega a rezar. Y al noveno día, se levanta la cruz de cal y arena y se pronuncia mi nombre—Inés

Alfaro. El pescuezo torcido de un gallo. Tamales de carne de puerco envueltos en hojas de maíz. Los enmascarados bailan, los hombres vestidos de mujer, las mujeres de hombre. Los violines, las guitarras, una tambora estruendosa.

Y veo otras caras y otras vidas. Mi madre en un campo de sempasóchil con un hombre que no es mi padre. Su rebozo de bolita tendido debajo de ellos. El olor a zacate apachurrado y a ajo. Cómo, a la señal de su querido, los otros descienden. Las nubes se escabullen. Una estaca de caña, filosa como un machete, engrasada con manteca y clavada en la tierra. Cómo los hombres recogen a mi madre como un bulto de maíz. Su grito agudo contra el cielo infinito cuando la estaca de caña la traspasa. Cómo cada uno que aguarda su turno gruñe palabras como granizo que raja la piel, así como antes habían susurrado palabras de amor.

La estrella de su sexo abierta al cielo. Las nubes se mueven sin hacer ruido y el cielo cambia de colores. Horas. Los ojos todavía fijos en las nubes la mañana en que la encuentran—las trenzas desbaratadas, un sombrero de hombre ladeado sobre su cabeza, un puro en la boca, como diciendo, esto es lo que le hacemos a las mujeres que tratan de portarse como hombres.

El pequeño bulto negro que es mi madre entregado a la puerta de mi padre. Mi padre sin un "quién" o un "cómo". Lo sabe tan bien como cualquiera.

Cómo el cielo desató una tormenta de piedras. La cosecha del maíz arruinada. Y cómo nos cambiamos de Tetelcingo a la casa de mi Tía Chucha en Cuautla.

Y veo a nuestros hijos. Malenita con sus gemelas que nunca se casarán, dos solteronas valientes que viven su vida vendiendo hierbas de olor en La Merced, en la Ciudad de México.

Y nuestro Nicolás, ya hecho un hombre, y el dolor y la vergüenza que Nicolás le traerá al nombre Zapata cuando arma un lío sobre la parcela que le da el gobierno, porque no es suficiente, porque nunca es suficiente, porque el hijo de un gran hombre no debería vivir como un campesino. Los viejos zapatistas de Anenecuilco menean la cabeza cuando éste vende el nombre de Zapata a la campaña del PRI.

Y veo los títulos antiguos de las tierras en la mañana humeante en que se redactan en náhuatl y se inscriben en amate—*concedidas a nuestro pueblo el 25 de septiembre de 1607 por el Virrey de la Nueva España*—las encomiendas que prueban que la tierra siempre ha sido nuestra.

Y veo esa tarde moteada en Anenecuilco, cuando el gobierno ha empezado a buscarte. Y te veo desenterrar la caja fuerte bajo el altar mayor de la iglesia del pueblo y entregársela a Chico Franco—*Si los pierdes, compadre, te secas colgado de un cazahuate. No antes que me llenen de balas,* dijo Chico y se rió.

Y la noche, ya como un hombre viejo, en el Cañón de Lobos, Chico Franco corre y corre, viejo lobo, viejo astuto, los hombres del gobierno que Nicolás mandó gritan detrás de él, sus hijos Vírulo y Julián, jóvenes, desplomados sobre los azulejos frescos del patio como flores de buganvilla y qué inútil es ya todo, porque los títulos están enterrados bajo la duela de una pulquería llamada La Providencia y nadie sabe dónde están luego que las balas perforan el cuerpo de Chico. Nada mejor o peor que antes y nada igual o diferente.

Y veo ríos de estrellas y el ancho mar con su triste voz, y peces color esmeralda ondulando en el fondo del mar, felices de ser lo que son. Y las torres del campanario y los bosques azules, y un aparador lleno de sombreros. Un pie quemado como el interior de una ciruela. Un peine para piojos con dos liendres. La bastilla de encaje de un vestido de mujer. El humo violeta de un cigarro. Un niño orinando en una lata. Los ojos lechosos de un ciego. El dedo desportillado de una estatua de San Isidro. Los vientres pardos de mujeres oscuras dando a luz.

Y más vidas y más sangre, aquéllos que nacen así como aquéllos que mueren, los que preguntan y los que callan, los días de dolor y todos los colores de flor de la alegría.

Ay papacito, cielito de mi corazón, ahora se quejan los burros. El gallo empieza a cantar. ¿Ya es de mañana? Espera, quiero recordar todo antes de que me dejes.

Cómo me miraste en la plaza de San Lázaro. Cómo me besaste bajo el arbolito de aguacate de mi padre. Noches en que me amaste con un placer cercano al sollozo, cómo detuve el temblor de tu pecho y te abracé, te abracé. Miliano, Milianito.

Mi cielo, mi vida, mis ojos. Déjame verte. Antes de que abras esos ojos tuyos. Los días del porvenir, los días pasados. Antes de regresar a lo que siempre seremos.

Artículos Religiosos Anguiano Rosarios Estatuas Medallas Incienso Velas Talismanes Perfumes Aceites Yerbas

¿Conoces esa tienda de artículos religiosos en la calle Soledad enfrente de las Sanitary Tortillas? Al lado de El Divorcio Lounge. No entres ahí. El dueño es un cabrón. No soy la única que lo dice. Tiene fama de ser un cabrón.

Ya lo conozco, pero como quiera entré. Porque necesitaba una Virgen de Guadalupe y las hermanas Preciado, de South Laredo, no tenían ninguna que no pareciera hecha con las patas.

Una estatua es en lo que estaba pensando o tal vez unos de esos cuadros bonitos en tercera dimensión, los que están hechos de tiras de cartoncillo, que lo ves de un lado y ves al Santo Niño de Atocha y lo ves de frente y es La Virgen y lo ves del otro lado y es Santa Lucía con los ojos en un plato o quizás San Martín Caballero cortando en dos su capa romana con una espada para dársela a un mendigo, aunque me gustaría saber por qué no le dio *toda* su capa al mendigo si era tan santo, ¿no?

Bueno, eso estaba buscando. Una de esas estampas enmarcadas con una tira plateada de papel aluminio arriba y una abajo, el marco de madera pintado de un rosa o turquesa alegre. Los puedes conseguir más baratos del otro lado, pero no tenía tiempo de ir a Nuevo Laredo porque apenitas me enteré de Tencha el martes. La llevaron directamente al Hospital Santa Rosa. Me tuve que tomar libre medio día del trabajo más el camión, bueno, ¿pues qué iba a hacer? No había de otra: o los Artículos Religiosos Anguiano o la Botánica de las Hermanas Preciado.

Y luego, después de caminar desde Santa Rosa con el calor que hacía, ¿sabes qué? la tienda de Anguiano estaba cerrada aunque lo podía ver sentado ahí en la oscuridad. Yo toque y toque, toque y toque el vidrio con una peseta. ¿Y sabes lo que hace antes de abrir? Me mira de arriba pa'abajo como si fuera una de esas señoritas del Cactus Hotel o de la casa de empeño Court House o de la tienda de ropa Western Wear que había venido a asaltarlo.

Estaba pensando en una de esas estampas brillantes enmarcadas que había en el aparador. Pero luego vi unas estatuas de la Virgen de Guadalupe con pestañas de pelo de verdad. Bueno, no con pelo de verdad, pero con una cosa negra tiesa como cerda de cepillo, sólo que no me gustó cómo se veía la Virgen con pestañas de pelo—bien corriente, como los amores de la calle. Eso no está bien.

Les eché una ojeada a todas las Vírgenes de Guadalupe que tenía. Las imágenes, los dibujos enmarcados, las estampitas benditas y las veladoras. Porque sólo tenía $10. Y para entonces ya había entrado más gente. Pero sabes lo que me dice —no me lo vas a creer— dice, ya sé que no vas a comprar nada. Fuerte y en español. Ya sé que no vas a comprar nada.

Oh, pero sí, le digo, sólo necesito más tiempo para pensar.

Bueno, pues si lo que quieres es pensar, nomás crúzate la calle a la iglesia para pensar—aquí sólo me estás haciendo perder mi tiempo y el tuyo.

Milagritos, promesas cumplidas

Milagritos,
promesas cumplidas

Exvoto donado según lo prometido

El día 20 de diciembre de 1988 sufrimos un terrible accidente a mitad del camino a Corpus Christi. El bus en que íbanos que se patina y que se voltea cerca de Robstown y una señora y su niñita se mataron. Gracias a La Virgen de Guadalupe estamos vivos, todos nosotros milagrosamente ilesos y sin cicatrices visibles, sólo que tenemos harto miedo de ir en bus. Dedicamos este retablo a la Virgencita con nuestro afecto y gratitud y nuestra fe eterna.

Familia Arteaga
Alice, Texas
G.R. (Gracias Recibido)

Bendito Santo Niño de Atocha,

Gracias por ayudarnos cuando se robaron la troca de Chapa. No sabíanos como le íbanos ha hacer. La necesita para ir al trabajo y este trabajo, bueno, él ha estado a prueba ante la ley, verdá, pus desde que logramos que dejara el trago. Raquel y sus huerquillos ya casi no le tienen miedo y nosotros sus padres estamos bastante orgullosos, verdá, pus por qué no decirlo. No sabemos cómo pagarte por todo lo que has hecho por nuestra familia. Te vamos a prender una vela todos los domingos y nunca te olvidaremos.

Sidronio Tijerina
Brenda A. Camacho de Tijerina
San Angelo, Texas

Querido San Martín de Porres,

Por favor mándanos ropa, muebles, zapatos, platos. Necesitamos cualquier cosa que no pida de comer. Desde el incendio hemos tenido que volver a empezar y el cheque de incapacidad de Lalo pues no es nada y no alcanza. Zulema quiere terminar la escuela pero yo le digo pues olvídate de eso. Ella es la mayor y su lugar está en la casa ayudándonos le dije. Por favor, haz que vea la razón. Ella es todo lo que tenemos.

Te lo agradece,
Adelfa Vásquez
Escobas, Texas

Querido San Antonio de Padua,

Por favor, me puedes ayudar a encontrar un hombre que no sea un dolor en la nalga. En Texas no hay ninguno. Y menos aún en San Antonio.

Podrías hacer algo acerca de todos los Chicanos que fueron a la universidad que tienen que irse a California para encontrar un trabajo. Me supongo que lo que dice mi hermana Irma es verdad: "Si no conseguiste marido cuando estabas en la universidad, ya te quedaste sin".

Te lo agredecería mucho si me mandaras a un hombre que hable español, que por lo menos pueda pronunciar su nombre como se debe. Por favor, alguien que nunca diga que es *Hispanic*, a menos que esté solicitando una beca de Washington, D.C.

Me podrías mandar a un hombre hombre. Quiero decir alguien que no se avergüence de que lo vean cocinar o limpiar o atenderse a sí mismo. En otras palabras, un hombre que se comporte como un adulto. No quiero uno que nunca haya vivido solo, que nunca haya comprado sus propios calzones, que nunca haya planchado sus propias camisas, que nunca haya siquiera recalentado sus propias tortillas. En otras palabras, no me mandes a alguien como mis hermanos que mi madre echó a perder con tanta chichi, o lo aviento pa'trás.

Voy a poner tu imagen de cabeza hasta que me lo mandes. Ya he aguantado demasiado durante demasiado tiempo y ahora soy demasiado inteligente, demasiado fuerte, demasiado hermosa y, en fin, demasiado segura de quién soy para merecer algo menos que eso.

La Bárbara Ybáñez
San Antonio, TX

Querido Niño Fidencio,

Quisiera que me ayudaras a conseguir un trabajo con buena paga, beneficios y un plan de jubilación. Te prometo que si me ayudas, haré un peregrinaje a tu tumba en Espinazo y te llevaré flores. Muchas gracias.

César Escandón
Pharr, Tejas

QUERIDO DON PEDRITO JARAMILLO CURANDERO DE LOS OLMOS,

MI NOMBRE ES ENRIQUETA ANTONIA SANDOVAL VIVO EN SAN MARCOS TX ESTOY DELICADA ME OPERARON DE UN RIÑÓN Y UN TUMOR DE CÁNCER PERO GRACIAS A DIOS ESTOY VIVITA Y COLEANDO PERO TENGO QUE RECIBIR TRATA-

MIENTOS DURANTE UN AÑO LA MEDECINA QUIMO TENGO 2½ PERO MI ABUELITA ME TRAJO PARA QUE TÚ Y NUESTRO SEÑOR QUE ESTÁ EN LOS CIELOS ME CUREN CON ESTA CARTA QUE ESTOY DEPOSITANDO AQUÍ ES MI ABUELITA LA QUE ESTA ESCREBIENDO ESTO ESPERO QUE TODOS LOS QUE VEAN ESTA CARTA DEDIQUEN UN MOMENTO PARA PEDIR POR MI SALUD

ENRIQUETA ANTONIA SANDOVAL
2 AÑOS Y MEDIO

YO LEOCADIA DIMAS VDA. DE CORDERO DE SAN MARCOS TX HE VENIDO A PAGAR ESTA LIMOSNA A DON PEDRITO PARA QUE MI NIETA SALGA BIEN DE SU OPERACIÓN GRACIAS A DIOS Y A TODOS AQUELLOS QUE AYUDARON TAN BUENOS DOCTORES QUE HICIERON SU TRABAJO BIEN EL RESTO ESTÁ EN LAS MANOS DE DIOS QUE SE HAGA SU VOLUNTAD MUCHAS GRACIAS DE TODO CORAZÓN.

TU MUY RESPETUOSA SERVIDORA
LEOCADIA

Oh Benditos Poderosos, Blessed Powerful Ones,

Ustedes que han sido coronados en el Cielo y que están tan cerca de nuestro Divino Salvador, imploro su intercesión ante el Todopoderoso en mi favor. Pido por la paz espiritual y la prosperidad y que los demonios en mi camino que son la causa de todos mis males sean extirpados para que ya no me atormenten. Vean favorablemente esta petición y bendíganme para que pueda seguir glorificando su nombre con todo mi corazón---santísimo Niño Fidencio, mi gran General Pancho Villa, bendito Don Pedrito Jaramillo, virtuoso John F. Kennedy y santo Papa Juan Paulo. Amén.

Gertrudis Parra
Uvalde, Tejas

Padre Todopoderoso,

Enséñame a querer a mi esposo otra vez. Perdóname.

s.
Corpus Christi

Siete Poderes Africanos que rodean a nuestro Salvador—Obatalá,—Yemayá,—Ochún,—Orunlá,—Ogún, Eleguá,—y Shangó,—por qué no se portan bien conmigo? Oh, Siete Poderes Africanos, ándenle, no sean malos. Dejen que gane mi boleto de la lotería de Illinois y, si gana, no dejen que mi primo Cirilo de Chicago me haga trampa con el asumpto del premio, porque el que paga el boleto soy yo y él todo lo que hace es comprármelo cada semana— —si siquiera hace eso. Es mi primo, pero como dice la Biblia, mejor no decir nada que no decir algo bueno.

Protéjanme del mal de ojo de los envidiosos y no dejen que mis enemigos me hagan mal, porque yo nunca le he hecho mal a nadien primero. Cuiden a este buen Cristiano del que los malos se han aprovechado.

Siete Poderes, recompensen mi devoción con buena suerte. Cuídenme, ¿por qué no lo hacen? Y no me olviden, porque yo nunca los olvido.

Moisés Idelfonso Mata
San Antonio, Texas

Virgencita de Guadalupe,

Te prometo ir arrodillado a tu altar el primerito día que regrese, te lo juro, si sólo consigues que la Tortillería La Casa de la Masa me pague los $253.72 que me debe por dos semanas de trabajo. Trabajé 67½ horas esa primera semana y 79 horas la segunda, y todavía no he sacado ningún beneficio. Calculé que, después de los impuestos, me tocan $253.72. Es todo lo que pido. Los $253.72 que me tocan.

Les pregunté a los propietarios Blanquita y Rudy Mondragón y me siguen diciendo que la semana que viene, la semana que viene, la semana que viene. Y ya estamos casi a la metad de la tercera semana y no sé cómo voy a hacerle para pagar la renta de esta semana, ya que estoy atrasado, y los demás muchachos ya me prestaron todo lo que podían, y no sé qué voy a hacer, no sé qué voy a hacer.

Mi esposa y mis niños y mis suegros todos dependen de lo que les mando a casa. Semos gente humilde, Virgencita. Sabes que no tengo vicios. Ansina soy. Ha sido muy difícil para mí vivir aquí tan lejos sin ver a mi mujer, ya lo sabes. Y a veces uno está bajo la tentación, pero no y no y no. No soy de esos. Por favor, Virgencita, todo lo que te pido son mis $253.72. No tengo a naiden más a quien pedirle ayuda en este país, y bueno, si tú no me ayudas, bueno, pos entonces yo ya no sé.

Arnulfo Contreras
San Antonio, Tejas

San Sebastián que fue perseguido con flechas y luego sobrevivió, ¡gracias por contestar a mis oraciones! Todas esas flechas que me habían perseguido—mi cuñado Ernie y mi hermana Alba y sus escuincles—el Junior, la Gloria y el Skyler—se han ido. Y ahora mi hogar dulce hogar es mío otra vez y mi Dianita bien *lovey-dovey* y mis hijos ya tienen otra cosa que decirme aparte de quién golpeó a quién.

Aquí está el milagrito de oro que te prometí, una casita, ¿ves? Y no es ninguna baratija bañada en oro. Así es que ahora que te pagué, estamos a mano, ¿no? Porque no me gusta que nadien anden diciendo que Víctor Lozano no paga sus deudas. Pago en efectivo, carnal. Y la palabra de Víctor Lozano, como sus hechos, es oro macizo.

Víctor A. Lozano
Houston, TX

Querido San Lázaro,

Demetria, la comadre de mi mamá, dijo que si te rezaba a tí tal vez como que me podrías ayudar porque te levantastes de entre los muertos e hicistes muchos milagros y tal vez si prendo una vela todas las noches por siete días y rezo, a lo mejor me pudieses ayudar con mi cara que me salen tantísimos granos.

Gracias.

Rubén Ledesma
Hebbronville, Texas

Santísima Señora de San Juan de los Lagos,

Fuimos a verte dos veces cuando te llevaron a San Antonio, mi mamá y mi hermana Yolanda y dos de mis tías, mi tía Enedina y mi tía Perla, y fuimos en carro desde Beeville sólo para visitarte y hacerte nuestras peticiones.

No sé qué te pídió mi tía Enedina, siempre tan callada, pero puedo adivinar que tenía que ver con su hijo Beto, que no hace más que estar de huevón—con tus perdones, en la casa y meterse en problemas. Y mi tía Perla segurito que se quejó de sus problemas de señora—que los ovarios que le dan comezón, que sus Tubos de Falopio enmarañados, que la matriz que la marea con su tenguelelengue. Y Mami, que decía que sólo había venido a pasear, prendió tres velas para que nos bendijieras a todos y limpiaras los celos y la amargura de nuestros corazones porque eso es lo que ella dice de día y de noche. Y mi hermana Yoli te pidió que la ayudes a bajar de peso porque no quiero acabar como tía Perla, bordando el manto del altar y vistiendo santos.

Pero eso fue hace un año, Virgencita, y desde entonces multaron a mi primo Beto por matar al gallo del vecino de un botellazo de Big Red y pues mi tía Perla está convencida de que trae caida la matriz porque cuando camina algo le traquetea adentro como una maraca, y mi madre y mis tías se pelean y se gritan entre ellas igualito que siempre. Y la estúpida de mi hermana Yoli sigue encargando productos todavía más estúpidos como la Grasa Fantástica, garantizada para quemar la grasa—Funciona de verdad, Tere, nomás embárratela mientras ves la tele—sólo que está más gorda que nunca y igual de triste.

De lo que me doy cuenta es que todas hicimos el viaje a San Antonio para pedirte algo, Virgencita, todas necesitábamos que nos escucharas. Y de todas nosotras, mi mamá y mi hermana Yoli, y mis tías Enedina y Perla, de todas a mí me otorgastes mi petición y me mandastes, tal como te lo pedí, un muchacho que me quisiera sólo a mí porque ya estaba harta de ver a muchachas más jóvenes que yo caminando por la calle o en carro o paradas enfrente de la escuela con algún muchacho que las agarraba asina del cuello.

¿Así que qué es lo que te estoy pidiendo? Por favor, Virgencita. Levanta esta pesada cruz de mis hombros y déjame como estaba antes, el viento soplándome el cuello, moviendo ligerito los brazos y sin nadien que me ande diciendo cómo debo de ser.

Teresa Galindo
Beeville, Texas

Milagroso Cristo Negro de Esquipulas,

Por favor, haz que nuestro nieto se porte bien con nosotros y que deje las drogas. Sálvalo para que encuentre trabajo y se mude lejos de aquí. Gracias.

Abuela y Abuelo
Harlingen

M3l1gr4s4 Cr3st4 N2gr4 d2 2sq53p5l1s,

T2 p3d4, S2ñ4r, c4n t4d4 m3 c4r1z4n p4r f1v4r, c53d1 1 M1n52l B2n1v3d2s qu2 2st1 h1c32nd4 2l s2rv3c34 2n 2l 2xtr1nj2r4. L4 1m4 y n4 s2 q52 h1c2r c4n t1nt1 tr3st2z1, v2rg52nz1 y d4l4r d2 1m4r 2n m3.

B2nj1m3n T.
D2l R34 TX

Milagroso Cristo Negro de Esquipulas,

Te ofrezco este retrato de mis niños. Wáchelos, Dios Santo, y si le quitas el trago a mi hijo te prometo prender velitas. Ayúdanos con nuestras cuentas, Señor, y que el cheque del income tax nos llegue pronto para pagar los biles. Danos una buena vida y que les ayudes a mis hijos a cambiar sus modos. Tú que eres tan bondadoso escucha estas peticiones que te pido con todo mi corazón y con toda la fe de mi alma. Ten piedad, Padre mío. Mi nombre es Adela O.

Elizondo
Cotulla TX

Milagroso Cristo Negro,

Thank you por el milagro de haber graduado de high school. Aquí le regalo mi retrato de graduation.

Fito Moroles
Rockport, Texas

Cristo Negro,

Venimos desde muy lejos. Infinitas gracias, Señor. Gracias por habernos escuchado.

Familia Armendáriz G.
Matamoros, Tamps. México

Jesus Christ,

Por favor, haz que Deborah Abrego y Ralph S. Urrea estén siempre unidos.

Con cariño,
Deborah Abrego
Sabinal, Texas

Santísima Virgen de los Remedios,

La señora Doña Dolores Alcalá de Corchado se encuentra grávidamente enferma de una complicación como resultado de una operación de quirófano muy delicada a la que fue sometida el pasado día jueves y de la que Dios Mediante se recuperaba bastante satisfactoriamente Bendito Sea hasta llegar a sufrir una hemorragia que se suscitó el día martes por la mañana. Por favor, intercede en su favor. La postramos a ella en sus manos de Dios, hágase Señor Su voluntad, ahora que hemos sido testigos presenciales de su inaudito sufrimiento y ya no sabemos si debería morir o seguir en esta vida. Su esposo de cuarenta y ocho años hace esta petición con todo su corazón.

Señor Gustavo Corchado B.
Laredo, Tejas

Madrecita de Dios,

Gracias. ¡Nuestro hijo nació bueno y sano!

Rene y Janie Garza
Hondo, TX

San Judas Tadeo, santo patrón de las causas perdidas,

Ayúdame a pasar la materia de English 320, British Restoration Literature y que todo salga bien.

Eliberto González
Dallas

Virgencita...

Me acabo de cortar el pelo tal como te lo había prometido y colgué mi trenza aquí junto a tu imagen. Encima de la etiqueta de Toys "Я" Us que dice IZAURA. Junto a varios brazaletes de hospital. Al lado de la tarjeta comercial de Sergio's Casa de la Belleza Beauty College. De la licencia de manejar de Domingo Reyna. De notas escritas en solapas de sobres. Rosas de seda, rosas de plástico, rosas de papel, rosas tejidas a ganchillo con estambre anaranjado fosforescente. Un botón con fotografía de un bebé con sombrero de charro. Una mujer con piel de color caramelo en toga y birrete de graduación blancos. Un vato loco con pañuelo y tatuajes. Un retrato oval en blanco y negro, del tío triste que nunca se casó. Una mamá con un vestido sin mangas regando las plantas del porche. Un niño chulito con bigote nuevo y su uniforme de soldado nuevo. Una adolescente con un poquito de sí misma sentado en el regazo. Marido y mujer borrosos, apoyados uno contra el otro como si estuvieran unidos por las caderas. Una foto en blanco y negro de las primas, la Josie y la Mary Helen, hacia 1942. Una polaroid de Sylvia Ríos, de su Primera Comunión, a los nueve años.

Tantos milagritos prendidos aquí, tantos milagritos que cuelgan de hilo rojo—un Sagrado Corazón de oro, un brazo de cobre diminuto, un hombre de plata arrodillado, una botella, una camioneta de latón, un pie, una casa, una mano, un bebé, un gato, un pecho, un diente, un ombligo, un mal de ojo. Tantas peticiones, tantas promesas hechas y cumplidas. Y no hay nada que pueda yo darte sino esta trenza del color del café en un vaso.

Chayo, ¡qué hicistes! Todo ese pelo tan lindo.

Chayito, ¿cómo pudistes arruinar en un segundo lo que le llevó a tu madre años en crear?

De una vez te hubieras sacado los ojos, como Santa Lucía. ¡Todo ese pelo!

Mi madre lloraba, ¿no te dije? Todo ese pelo hermoso...

Me he cortado el pelo. Que nunca me había cortado desde el día en que nací. La cola de burro en un juego de cumpleaños. Algo que se muda como la piel de una víbora.

Mi cabeza tan ligera como si la hubiera levantado del agua. Mi corazón de nuevo a flote como si antes hubiera llevado encima el Sagrado Corazón en mi pecho abierto. Podría haber iluminado esta iglesia entera con mis penas.

Soy una campana sin badajo. Una mujer con un pie en este mundo y el otro en aquél. Una mujer montada en la frontera. Esta cosa entre mis piernas, este indecible.

Soy una víbora que traga su cola. Soy mi historia y mi futuro. Todos los antepasados de mis antepasados dentro de mi vientre. Todos mis futuros y todos mis pasados.

He tenido que endurecerme, atesorarme, pulirme. He tenido que atrancar la puerta con un mueble y no dejarte entrar.

¿Qué estás haciendo sentada ahí en la oscuridá?

Estoy pensando.

¿Pensando en qué?

Sólo... pensando.

Estás zafada, Chayo, ven a saludar. Toda la familia está aquí. Sal de ahí y no seas ranchera.

¿Acaso los niños piensan y las niñas sueñan despiertas? ¿Acaso sólo las niñas tienen que salir y saludar a la familia y sonreír y ser amables y quedar bien?

No es bueno pasar tanto tiempo sola.

¿Qué hace ahí metida ella sola? No se ve bien.

Chayito, ¿cuándo te vas a casar? Mira a tu prima Leticia. Es más chica que tú.

¿Cuántos hijos quieres tener cuando seas grande?

Cuando sea una mami...

Vas a cambiar. Ya lo verás. Espérate a que conozcas a tu príncipe azul.

Chayo, diles otra vez qué estás estudiando.

Mira a nuestra Chayito. Le gusta hacer sus dibujitos. Va a ser pintora.

¡Una pintora! Dile que tengo cinco cuartos que necesitan pintura.

Cuando seas una mamá...

Gracias por hacer que todos esos meses que me aguanté la respiración no fueran un niño en mi vientre, sino un problema de la tiroides en la garganta.

No puedo ser una madre. Por ahora no. Tal vez nunca. No es algo que yo pueda escoger, como no escogí ser mujer. Como no escogí ser artista—no es algo que uno escoge. Es algo que uno es, sólo que no puedo explicarlo.

No quiero ser una madre.

No me importaría ser un padre. Por lo menos un padre todavía podría ser artista, podría amar al*go* en lugar de al*guien* y nadie lo consideraría egoísta.

Dejo mi trenza aquí y te doy las gracias por creer que lo que hago es importante. Aunque nadie más en mi familia, ninguna otra mujer, ya sea amiga o pariente, nadie que yo conozca, ni siquiera la heroína de las telenovelas, ninguna mujer quiera vivir sola.

Yo sí.

Virgencita de Guadalupe. Durante mucho tiempo no te dejé entrar a mi casa. No podía verte sin ver a mi 'amá cada vez que mi 'apá llegaba a casa borracho y gritando, culpándola de todo lo que le había salido mal en la vida.

No podía ver tus manos enlazadas sin ver a mi abuela murmurar, "Mi hijo, mi hijo, mi hijo..." No podía verte sin culparte por todo el dolor que mi madre y su madre y todas las madres de nuestras madres han tenido que aguantar en nombre de Dios. No podía dejarte entrar a mi casa.

Te quería con los pechos desnudos, víboras en las manos. Te quería dando saltos y volteretas sobre el lomo de un toro. Te quería ver tragar corazones crudos y traquetear cenizas volcánicas. Chingados, no iba a ser ni mi madre ni mi abuela. Todo ese sacrificio, ese sufrir en silencio. Aquí no. Yo no.

No creas que me fue fácil vivir sin ti. A mi también me tocó pesado. *Hereje. Atea. Malinchista. Hocicona.* Pero no me callaba la boca. Mi boca siempre me mete en problemas. *¿Eso es lo que te enseñan en el colegio? Señorita "La Reina". Señorita "Se cree más que nosotros"*. Portándose como una *bolilla,* como una blanca. *Malinche.* No creas que no me dolió que me llamaran traidora. Tratando de explicarle a mi 'amá, a mi abuela, por qué no quería ser como ellas.

No sé como todas las piezas del rompecabezas un día embonaron en su sitio. Cómo entendí finalmente quién eres. Ya no María la apacible, sino nuestra madre Tonantzin. Tu iglesia en el Tepeyac construída en el sitio de su antiguo templo. Tierra santa, sin importar cuál diosa la reclama.

El que hayas podido unir a un pueblo cuando un país nacía y de nuevo durante la guerra civil y durante la huelga de los trabajadores del campo en California me hizo pensar que tal vez hay algún poder en la paciencia de mi madre, alguna fuerza en el aguante de mi abuela. Porque los que sufren tienen un poder especial, ¿no es cierto? El poder de entender el dolor de otra persona. Y al entender empieza uno a sanar.

Cuando me enteré de que tu nombre verdadero es Coatlaxopeuh, Aquella Que Tiene Dominio Sobre las Serpientes, cuando te reconocí como Tonantzin y aprendí que tus nombres son Teteoinan, Toci, Xochiquetzal, Tlazoltéotl, Coatlicue, Chalchiuhtlicue, Coyolxauhqui, Huixtocíhuatl, Chicomecóatl, Cihuacóatl y cuando te pude ver como Nuestra Señora de la Soledad, Nuestra Señora de los Remedios, Nuestra Señora del Perpetuo Socorro, Nuestra Señora de San Juan de los Lagos, Our Lady of Lourdes, Our Lady of Mount Carmel, Our Lady of the Rosary, Our Lady of Sorrows, entonces no me avergoncé de ser la hija de mi madre, la nieta de mi abuela, la niña de mis antepasados.

Cuando pude verte en todas tus facetas, a la vez el Buda, el Tao, el Mesías verdadero, Jehová, Alá, el Corazón del Cielo, el Corazón de la Tierra, el Ser Supremo de Todas Partes, el Espíritu, la Luz, el Universo, pude amarte y, finalmente, aprender a amarme a mí misma.

Poderosa Guadalupana Coatlaxopeuh Tonantzin,

¿Qué milagrito podría colgar aquí? Dejo esta trenza de pelo en su lugar y quiero que sepas que te lo agradezco.

Rosario (Chayo) de León
Austin, Tejas

Los boxers

¡Híjole! Ahí va tu soda. Ves. Mira nomás. Mamá, ven por tu chiquilla. Mírala ahora, anda descalza y podría cortarse. Así que te toca trapearlo, ¿eh? No he tirado nada desde hace mucho. Desde que era chico, yo creo. No me puedo acordar de la última vez que tiré una soda. Y mira que la Big Red es bien pegajosa, ¿verdá? Pinta la ropa y no se quita con nada y deja la boca de los chiquillos pintada como payaso, ¿verdá? 'Tá bien chula. N'hombre. Oh, pero los niños, son bonitos cuando están chiquitos, pero para cuando se empiezan a poner feos ya es demasiado tarde, entonces ya los quieres.

Tienes que fijarte de no comprarles soda en botella de vidrio la próxima vez. Sobre todo la Big Red. Pero ésa es la que más piden, ¿verdá? Claro que puedes agarrar mi canastilla. Mis cosas todavía no están listas.

Cuando murió mi mujer, iba yo a un lugar allá en Calaveras mucho más grande que éste. Éste no es nada. En aquel lugar había el doble de máquinas. Y tenían secadoras que eran de a quince minutos por una peseta y así no tenías que gastar una peseta extra por digamos, poliéster, que se seca bien rápido. Sólo que nomás había dos—tenías que ponerte bien listo y agarrarlas tan pronto como se desocupaban.

Aquí todo es de a treinta minutos por cincuenta centavos. Re'caro cuando tienes que seguir echando pesetas y pesetas y pesetas. A veces, si tienes suerte, se puede encontrar una máquina en la que quede tiempo pagado, ves. Echas tus cosas ligeras que se secan así de rápido. Calcetines, paños, tal vez las camisas de *fifty-fifty* para que no se arruguen, ¿verdá?

Pero mis *jeans* necesitan más de treinta minutos. Treinta minutos no es suficiente, pero prefiero llevármelos a casa húmedos y colgarlos en el marco de la ventana antes de echar otros cincuenta centavos. Es porque los seco en *low*, ves. Antes los secaba en *high* y siempre me apretaban después. La señorita del K mart dijo, Tiene que secar sus *jeans* en *low*, porque si no se le encogen. Tiene razón. Mira, ahora siempre los pongo en *low*, aunque se tarden más y todavía estén húmedos después de treinta minutos. Por lo menos luego me entran. Todo eso he aprendido.

¿Y sabes qué más? Cuando laves, no basta con separar la ropa según la temperatura. También necesitas separarla según el peso. Toallas con toallas. *Jeans* con *jeans*. Sábanas con sábanas. Y siempre ten cuidado de usar bastante agua. Ése es el secreto. Aun si sólo son unas cositas en la máquina. Bastante agua, ¿te fijaste? Pa'que la ropa se lave mejor y no se desgaste tanto, ves, y dura más. Ésa es otra maña que aprendí por ahí.

Ahora ten cuidado de que no se te quede la ropa en la secadora. De nada. Tienes que estar al pendiente, ¿verdá? Apenas como deja de dar vueltas, la sacas. Si no, nomás es más trabajo después.

Las camisetas se me arrugan aunque las seque quince minutos en caliente o en frío. Así son las camisetas. Siempre un poco arrugadas por angas o por mangas. Son curiosas, las camisetas.

¿Sabes cómo hacerle para que no se fije una mancha? Adivina. Un cubo de hielo. Sí señor. Eso me lo enseñó mi mujer. Yo creía que estaba loca. Siempre que tiraba algo en el mantel, ella salía corriendo a la hielera. Mancha de mole en la camisa, un hielo. Mancha de sangre en una toalla, un hielo. Cerveza en el tapete de la sala, pos ahi está, un hielo.

Ay caray, era muy limpia. Todo en la casa se veía como nuevo, por viejo que fuera. Toallas, sábanas, fundas de cojín bordadas y esas carpetas alargadas como mantelitos, ésas que pones sobre los sillones para la cabeza, ésas, las tenía blancas y tiesas como el cuello de una monja. N'hombre. Almidonaba y planchaba todo. Mis calcetines, mis camisetas. Hasta planchaba mis calzoncillos *boxers*. N'hombre, me volvía loco con sus cubos de hielo. Pero ahora que ya está muerta, bueno, pos así es la vida.

Érase un hombre, érase una mujer

Érase un hombre y érase una mujer. Cada quincena, un viernes sí y otro no, el hombre iba al bar The Friendly Spot a tomar y a gastar su dinero. Cada quincena, un viernes sí y otro no, la mujer iba al bar The Friendly Spot a tomar y a gastar su dinero. Al hombre le pagaban el segundo y el cuarto viernes del mes. A la mujer le pagaban el primer y tercer viernes. Por esta razón el hombre y la mujer no se conocían.

El hombre tomaba y tomaba con sus amigos y creía que si tomaba y tomaba, las palabras para lo que sentía no se le atorarían tanto, pero casi siempre él simplemente tomaba y no decía nada. La mujer tomaba y tomaba con sus amigos y creía que si tomaba y tomaba, las palabras para lo que sentía no se le atorarían tanto, pero casi siempre ella simplemente tomaba y no decía nada. Un viernes sí y otro no el hombre tomaba su cerveza y reía a carcajadas. Cada viernes entre estos viernes la mujer tomaba su cerveza y reía a carcajadas.

En casa, cuando caía la noche y la Luna se dejaba ver, la mujer levantaba a la Luna sus ojos pálidos y lloraba. El hombre, en su cama, contemplaba la misma Luna y pensaba en los millones que la habían mirado antes que él, aquéllos que habían adorado o amado o muerto ante esa misma Luna, muda y hermosa. Ahora una luz azul fluía por su ventana y se enredaba con el resplandor de las sábanas. La Luna, la misma O redonda. El hombre miró la Luna y tragó.

Tin tan tan

Me abandonaste, mujer, porque soy muy pobre
Y por tener la desgracia de ser casado.
Qué voy a hacer si yo soy el abandonado,
Abandonado sea por el amor de Dios.

—"El Abandonado"

La desgracia tengo de ser tanto pobre como huérfano de tu afecto. Espinita de mi alma, granito de arena en mi zapato, tesoro de mi vida, muñequita apasionada que ha partido en dos mi corazón, dime, belleza cruel a la que adoro, por qué me atormentas. Cuando la esperanza de tus caricias brotó en mi alma, la felicidad floreció en mis amaneceres. Pero ahora que has arrancado mis sueños dorados, tiemblo desde este cáliz doloroso como a la lluvia arrojada una delicada flor. Regresa a mí, vida mía, y acaba con este absurdo dolor. Si no, en vano habrá sido para Rogelio Velasco su amor.

Un capricho de tu coqueta alma de mujer. Hasta que la muerte nos separe, dijeron tus ojos, mas no tu corazón. Todo, todo una ilusión. Confieso que estoy perdido entre la angustia y el olvido. Y si ahora disuelvo mis lágrimas en el vicio, has de saber, mi reina, que sólo tú eres mi perdición. Nunca será el mismo mi frágil corazón.

Pero la Providencia sabía lo que me esperaba, el día en que inocentemente llegué a tu puerta. Vestido con mi uniforme y cargado con las herramientas de mi oficio, sin saber que el destino me aguardaba, toqué al portón. Abriste los brazos, mi cielo, pero dejaste cerrado tu precioso corazón.

Infesta a tu casa la duda como una plaga; tal vez yo pueda exterminarla. Si Dios lo quiere, quizás estas sentidas palabras te convenzan. Quizás el amor puro que te ofrecí no era suficiente y ahora otro saborea tu dulce néctar. Pero nadie te amará tan honrosa y fielmente como Rogelio Velasco te ha amado.

Todo lo que puedo ofrecerte es esta humilde confesión, aunque otros te tienten con joyas y riquezas. Hasta la vida daría por tus exquisitas joyas. Mas pobre de mí. Bien dicen que de poeta y de loco todos tenemos un poco.

Al infinito doy una serenata como un ruiseñor pequeño y triste; solo, completamente solo en el mundo. ¿Cómo puede un amor tan tierno y dulce convertirse en la cruz de mi pesar? No, no, no logro concebir que ya no recibiré tus preciados labios otra vez. Mis ojos cansados de sufrir, mi corazón de latir. Si quizás un momento cristalino antes del amanecer o del anochecer me recuerdas, tráeme solamente un racimo de lágrimas para poner sobre mi tumba sedienta.

Tan TAN

Bien *pretty*

Ya me voy,
ay te dejo en San Antonio.

—Flaco Jiménez

No era pretty a menos que estuvieras enamorada de él. Entonces, siempre que conocías a alguien con esos mismos ojos de chango, esa piel de azúcar quemada, la cara más ancha que larga, bueno, la que te esperaba.

Su familia era de Michoacán. Chaparritos, todos y cada uno de ellos. Chaparros incluso para criterios mexicanos, pero para mí él era perfecto.

Yo tengo la culpa. Flavio Munguía era Flavio común y corriente hasta que me conoció. Le llené la cabeza de mil y un cariñitos. Entonces se echó a perder para siempre. Caminaba diferente. Miraba a la gente a los ojos cuando hablaba. Acariciaba con los ojos a cada par de nalgas y chichis que veía. Cuánto lo siento.

Una vez que le dices a un hombre que es bonito, no puedes desdecirte. Creen que son bonitos todo el tiempo y me supongo que de alguna manera lo son. Tiene algo que ver con creerlo. Tal como antes yo creía que era bonita. Antes de que Flavio Munguía desgastara mi bonitez.

No creas que no me he fijado en mis amigas de la infancia que consiguieron a los guapos. Todas se ven ahora del doble de su edad, acabadas de tantos corajes que han explotado dentro de sus corazones y pancitas.

Porque un hombre bien pretty es como un coche demasiado fino o como un estéreo buenísimo o como un horno de microondas. Tarde o temprano, antes o después, te la estás buscando, ¿me entiendes?

Flavio. Escribía poemas y los firmaba "Rogelio Velasco". Y tal vez todavía estaría enamorada de él si no estuviera ya casado con dos mujeres, una en Tampico y la otra en Matamoros. Bueno, eso dicen.

Quién sabe por qué el universo me escogió a mí. Lupe Arredondo, estúpida sois entre todas las mujeres. Antes yo era como un marinero con buen equilibrio a bordo de su barco, los días rodaban ininterrumpidamente debajo de mí, cuando entonces llegó Flavio Munguía.

Flavio entró a mi vida gracias a una circular rosada enrollada en forma de tubo y metida en el recoveco de la reja de enfrente:

$ PROMOCIÓN $

ESPECIAL

CONTROL DE PLAGAS
LA CUCARACHA APACHURRADA

MÁS DE 10 AÑOS DE EXPERIENCIA

Si ud. está Harto de las CUCARACHAS y las Odia como mucha Gente, pero no puede pagar muchísimo Dinero $$$$ para tener una casa Libre de ¡¡¡CUCARACHAS

CUCARACHAS CUCARACHAS!!! Nosotros fumigamos su cocina, por detrás y por debajo de su refrigerador y estufa, adentro de su alacena y hasta fumigamos su sala todo por solamente $20.00. No se deje engañar por el precio. Llame ahora al 555-2049 o al *beeper* #555-5912. También matamos arañas, escarabajos, alacranes, hormigas, pulgas y muchos insectos más.

¡¡No lo piense más, Llámenos Ahora Mismo!!
Se alegrará de haberlo hecho, Muchísimas gracias.
Sus CUCARACHAS estarán MUERTAS
(*$5.00 extra por cada cuarto adicional)

Una cucaracha muerta patas pa'arriba seguía a continuación como ilustración.

Se debe al río y a las palmeras y los nogales y la humedad y todo eso que tenemos tantos bichos de palmito, cucarachas tan grandes que parecen del pleistoceno. Nunca antes había visto algo parecido. No tenemos bichos de ésos en California, por lo menos no en la Bahía de San Francisco. Pero como dicen, todo es mejor y más grande en Texas, y eso es particularmente cierto cuando se trata de insectos.

Así que vivo cerca del río, en una de esas casas con piso de duela barnizado color Coca-Cola. No es mía. Le pertenece a la poetisa Irasema Izaura Coronado, una tejana muy famosa que se comporta como si fuera descendiente directa de Ixtaccíhuatl o algo así. Su esposo es un curandero huichol genuino y ella tampoco es ninguna floja, con un doctorado de la Sorbona.

Una beca Fulbright se los llevó a Nayarit por un año y así es como vine a dar aquí a la casa azul turquesa en la calle East Guenther, así como que exactamente en el corazón del distrito histórico de King William no está. Está mal situada con respecto a la calle South Alamo para pasar la prueba, está del lado donde vive la plebe, pero sí lo suficientemente cerca de las mansiones reales que atraen cada hora en punto a los autobuses color rosa Pepto-Bismol con su sombrero encima cargados de turistas.

Llamé al Control de Plagas La Cucaracha Apachurrada el primer mes que estuve a cargo de la casa de Su Alteza. Compartía yo residencia con:

(8) piezas de cerámica negra de Oaxaca
litografía firmada de Diego Rivera
piano vertical
piñata en forma de estrella
(5) juegos de luces navideñas en forma de chiles rojos
mantón español antiguo
banderín de vudú haitiano St. Jacques Majeur
cafetera para hacer cappuccinos
mesa de palo de limonero de Olinalá
réplica de la diosa Coatlicue
esqueleto de papel maché tamaño natural firmado por la familia Linares
altar a Frida Kahlo
candelabro de hojalata picada de la Virgen de Guadalupe
equipal cubierto con sarape mexicano
cojines
retablo español del siglo diecisiete
candelero del árbol de la vida
trastero de Santa Fe
(2) juegos idénticos de loza de Talavera mexicana antiguos
crucifijo de Ojo de Dios
armario de pino nudoso
alacena antigua de hojalata picada
mascarilla mortuoria de Pancho Villa con la boca ligeramente abierta
silla tejana tapizada en piel de vaca con los cuernos largos usados para patas y brazos

(7) tapetes afganos pequeños
cama de fierro con pabellón de mosquitero

Bajo esta fachada de la onda cursi del sudoeste de encaje y seda y porcelana, más allá de los cojines bordados que dicen DUERME, MI AMOR, las sábanas de algodón egipcio y la colcha tejida a gancho, el soplo de aire que apenas hace temblar las cortinas de gasa de la recámara, el jardín azul, la hortensia rosada, el juego de té de bordes dorados, el servicio de plata con mango de abulón, las peinetas de obsidiana, el aroma pegajoso a jarabe de tos y a azúcar *glas* que desprenden las flores de magnolia, estaban, también, las cucarachas.

Tenía miedo de abrir cajones. Nunca iba a la cocina después del anochecer. Eran del mismo color Coca-Cola de los pisos, difíciles de distinguir a menos que se delataran con su propio pánico.

Lo peor del caso no era su tamaño, ni su crujir bajo el zapato, ni la grasa amarilla que supuran sus tripas, ni el caparazón delgado que mudan, transparente como la cáscara de las palomitas de maíz, ni la posibilidad de que sean aladas y te vuelen hacia el pelo, no.

Lo insoportable de las cucarachas era esto. El escabullirse a media noche. Un asqueroso rechinar de pie deforme como una cosa muerta arrastrada por el piso, un ronzar escandaloso durante sus ritos caníbales, un tamborileo de pasitos nerviosos cuando se escabullían por las carpetas alargadas de lino irlandés, dejando un sendero de bolitas de excremento negro como sedimento de café, patas pegajosas que se movían con rapidez a través del montón de papel blanco para máquina de escribir en el cajón del escritorio, mis lienzos preparados, el juego de té rosado de Wedgwood, el traje de novia victoriano de encaje colgado en la pared de la recámara, los racimos de nube seca, el tocador de mimbre blanco, las fundas caladas de almohada, tu pelo negriazul de cuervo, perfumado con brillantina Tres Flores.

Flavio, es cierto. La casa me encanta ahora como me encantó entonces. Las artesanías, las paredes color mandarina, las urracas al atardecer. ¿Pero qué hubieras hecho tú en mi lugar? Vine manejando yo sola desde el norte de California al centro de Texas con mi pasado reducido a las pocas cosas que cupieron en la camioneta. Un futón. Un sartén japonés de acero inoxidable. El molcajete de mi abuela. Un par de zapatos de flamenco con los tacones chuecos. Once huipiles. Dos rebozos, uno de bolita y el otro de seda. Mi uniforme de Tae Kwon Do. Mis cristales y mi copal. Una grabadora grande portátil y todos mis casetes de música latina: Rubén Blades, Astor Piazzola, Gipsy Kings, Inti Illimani, Violeta Parra, Mercedes Sosa, Agustín Lara, Trío Los Panchos, Pedro Infante, Lydia Mendoza, Paco de Lucía, Lola Beltrán, Silvio Rodríguez, Celia Cruz, Juan Peña "El Lebrijano", Los Lobos, Lucha Villa, Dr. Loco y su Original Corrido Boogie Band.

Claro, supe que me iba a meter en problemas el día en que acepté venir a Texas. Pero ni siquiera el *I Ching* me advirtió la que me esperaba cuando Flavio Munguía llegó en su camioneta de control de plagas.

—¡TE-xas! ¿Pero *qué* vas a hacer *ahí*?— Me preguntó Beatriz Soliz, abogada en derecho penal de día y maestra de danzas aztecas de noche, y mi mera comadre en todo el mundo. Beatriz y yo nos conocemos desde hace mucho. Desde las manifestaciones del boicot de uvas frente al supermercado Safeway en Berkeley. Y me refiero a la *primera* huelga de la uva.

—Decidí hacer el intento de vivir en Texas por un año. Siquiera eso. No puede estar *tan* mal.

—¡¡¡Un año!!! Lupe, ¿estás loca? Si todavía linchan a los *Meskins* allá en el sur. Todo el mundo tiene sierras eléctricas y rejillas portarrifles en sus camionetas *pick-up* y banderas de la confederación. ¿No te da *miedo?*

—*Girlfriend,* ves demasiadas películas de John Wayne.

A decir verdad, Texas sí me daba un miedo horrible. Lo único que sabía de ese estado era que era *grande.* Que hacía *calor.* Y que era *tierra mala.* Además estaba el nombre que mi mamá le daba a los texanos "*texa-NO-te*", que es como decir que eran texanos en texceso, al estilo *redneck,* conservador y racista. "Fue uno de esos *texa-NO-tes* el que empezó", decía mamá. "Ya sabes cómo son. Siempre buscando pleito".

Había dicho que sí a un puesto como directora de arte en un centro cultural comunitario de San Antonio. Eduardo y yo habíamos terminado. Definitivamente. *C'est fini.* Aquí te bajas, amigo. *Goodbye* y suerte. San Francisco es una ciudad demasiado pequeña para ir arrastrando tu corazón de tres patas. Ni hablar del Café Pícaro porque era el favorito de Eddie. También dejé de ir al Café Bohème. Me perdí de varias inauguraciones buenas en La Galería. No porque tuviera miedo de encontrarme a Eddie, sino porque me daba terror enfrentarme a "la otra". Mi rival, en otras palabras. Una asesora financiera de Merrill Lynch. Una güera.

Eddie, a quien había mantenido trabajando de mesera durante aquel verano en que los dos luchábamos para pagar nuestros préstamos universitarios *más* la renta de ese apartamentito en la calle Balmy, bastante amplio cuando estábamos enamorados pero demasiado estrecho cuando el amor escaseaba. Eddie, a quien había conocido un año antes de que yo empezara a dar clases en el *Community College*, un año después de que él dejara la organización del barrio y empezara a trabajar algunas horas como asistente de abogado. Eddie, que me enseñó a bailar salsa, que me sermoneaba día y noche sobre los derechos humanos en Guatemala, El Salvador, Chile, Argentina, Sudáfrica, pero nunca dijo ni una palabra sobre los derechos de los negros en Oakland, de los niños inmigrantes de la zona roja de *Tenderloin* en San Francisco, de las mujeres que compartían su cama. Eduardo. Mi Eddie. *Ese* Eddie. Con una güera. Ni siquiera tuvo la decencia de escoger a una mujer de color.

No había pasado ni un mes desde que desempaqué la camioneta, pero yo ya estaba convencida de que venir a San Antonio había sido un error. No podía entender cómo un fraile español en sus cinco sentidos hubiera decidido plantarse justo en medio de la nada y construir una misión a millas de distancia del agua. Yo siempre había vivido cerca del mar. Me sentía empolvada y atrapada en tierra firme. Una luz tan blanca que me dejaba mareada, el sol descolorido como una cebolla.

En la Bahía, cuando me deprimía, siempre agarraba el coche y me iba a Ocean Beach. Solamente para sentarme. Y, no sé, había algo en el hecho de mirar el agua, cómo nada más va y va y va, había algo en esto que me parecía muy relajante. Como si de alguna manera yo estuviera conectada a cada ola que corría sin detenerse hasta alcanzar la otra orilla.

Pero no había encontrado con qué reemplazarlo en San Antonio. Me preguntaba qué harían los sanantonianos.

Estaba trabajando semanas de sesenta horas en el centro cultural. No me sobraba tiempo para mi propia creación artística cuando llegaba a casa. Me había hecho del mal hábito de desplomarme sobre el sofá después del trabajo, beberme media

Corona y comerme una bolsa de papas fritas estilo hawaiano a manera de cena. Todas las luces de la casa encendidas cuando me despertaba a media noche, el pelo chueco como una escoba, la cara arrugada como un origami malvado, la ropa fruncida como la de los pobladores de las estaciones de autobuses.

El día en que apareció la circular rosada, me despertaba de una de estas siestas para encontrar a uno de estos bichos masticando ruidosamente las papas hawaianas y otro curtido dentro de mi botella de cerveza. Llamé a La Cucaracha Apachurrada la mañana siguiente.

Así que mientras tú rocías los guardapolvos, la manguera silba, la bomba dorada hace tictac, te agachas bajo las alacenas, alcanzas debajo de los lavabos, el cinturón de herramientas de cuero fajado flojamente alrededor de tus caderas, yo reflexiono. Pienso que podrías ser el príncipe Popo ideal para un cuadro que hace tiempo me ha estado dando vueltas en la mente.

Siempre había querido hacer una versión moderna del mito de los volcanes del príncipe Popocatépetl y la princesa Ixtaccíhuatl, esa historia de amor trágica metamorfoseada de una imagen clásica a una imagen bien bien *kitsch*, toda pretensiosa y de mal gusto, como las de esos calendarios que consigues en la Carnicería Ximénez o en la Tortillería la Guadalupanita. El príncipe Popo, un guerrero indígena medio encuerado, fornido como Johnny Weissmuller, agachado en congoja al lado de su princesa Ixtaccíhuatl dormida, pechugona como una Jayne Mansfield indígena. Y detrás de ellos, haciendo eco a sus siluetas, los volcanes que llevan sus nombres.

Carajo, yo podría hacer algo mejor. Sería divertido. Y tú podrías ser justo el príncipe Popo que he estado buscando, con esa cara de olmeca dormido, los pesados ojos orientales, los labios carnosos y la nariz ancha, ese perfil tallado en ónix. Mientras más lo pienso, más me gusta la idea.

—¿Te gustaría posar para mí como modelo?

—¿Disculpe?

—Quiero decir que soy artista. Necesito modelos. A veces. Para posar, ves. Para un cuadro. Pensé. Tú estarías bien. Porque tienes una maravillosa. Cara.

Flavio se rió. Yo también me reí. Los dos nos reímos. Nos reímos y luego nos reímos otro poco. Y cuando acabamos con nuestro reír, él empacó sus trampas para hormigas, su tanque rociador, su estropajo, chasqueó y cerró aldabas y guardó charolas, cajas de herramientas, cerró de un portazo las puertas de la camioneta. Se rió de nuevo y se fue.

Hay de todo *menos* una lavadora y secadora en la casa de East Guenther. De modo que cada domingo por la mañana meto toda mi ropa sucia en fundas de almohada, las arrastro a la camioneta y luego me voy al Kwik Wash de South Presa. No me importa, deveras. Casi me gusta, porque enfrente está el Torres Taco Haven, "Ésta es la Tierra de los Tacos". Si me levanto tempranito, puedo cargar cinco lavadoras a la vez, ir a tomar un café y un Haven Taco, papas, chile y queso. Luego un poco más tarde, lo echo todo a la secadora y regreso por una segunda taza de café y un Torres Special, frijoles, queso, guacamole y tocino, con tortilla de harina, por favor.

Pero una mañana, entre los ciclos de lavado y secado, mientras corrí a volver a llenar las máquinas, alguien me había ganado la mesa, la butaca de la ventana junto a la rocola. Iba a hacer un coraje y se lo iba a reclamar, hasta que me di cuenta de que era el Príncipe.

—¿Te acuerdas de mí? Guenther seiscientos dieciocho.

Me miró como si no recordara qué se suponía que tenía que recordar; luego soltó esa risa, como cuervos espantados de la milpa.

—Sí que es un buen chiste, pero lo dije en serio. En verdad soy pintora.

—Y en verdad soy poeta— dijo él. —De poeta y de loco todos tenemos un poco, ¿no? Pero si le preguntaras a mi madre te diría que tengo más de loco que de poeta. Lamentablemente, la poesía sólo nutre el alma y no la panza, así que trabajo para mi tío como asesino de bichos.

—¿Puedo sentarme?

—Por favor, por favor.

Pedí mi segunda taza de café y un Torres Special. Un silencio ancho.

—¿Cuál es tu gallo favorito?

—El de los Corn Flakes.

—Nono nono nono nono NO— dijo como dicen en México, todos los noes derramándose rápida rápida rápidamente como una fuente de copas de champaña. —Caballo, no gallo— y relinchó.

—Ah, caballo. No sé. ¿El del Llanero Solitario?— Estúpida. No sabía nada de caballos. Pero Flavio sonrió de todas maneras como siempre lo haría cuando yo hablaba, como si admirara mis dientes. —Entonces. Qué. ¿Vas a modelar? ¿Sí? Te pagaría, claro.

—¿Me tengo que quitar la ropa?

—No, no. Sólo sentarte. O parado ahí o haciendo cualquier cosa. Nada más posa. Tengo un taller en mi garaje. Recibirás pago solamente por verte como te ves.

—Bueno, ¿qué cuento voy a poder contar si digo que no?— Me escribió su nombre en una servilleta de papel en una maraña apretada de letras negras rizadas. —Éste es el número de mi tío y tía que te estoy dando. Vivo con ellos.

—Por cierto, ¿cómo te llamas?— dije, retorciendo la servilleta.

—Flavio. Flavio Munguía Galindo— contestó, —Para servirle.

La familia de Flavio era tan pobre que lo mejor que podían desear para su hijo era una chamba donde pudiera mantener las manos limpias. Cómo iban a saber que el destino llevaría a Flavio al norte, a Corpus Christi, como lavaplatos en la Cafetería Luby's.

Por lo menos era mejor que el mes en que trabajó como camaronero con su primo en Port Isabel. Todavía no podía ver a los camarones ni en pintura después de eso. Llegas a casa con la piel y la ropa apestando a camarón, hasta empiezas a sudar camarón, sabes. Tus manos son un desastre de las cortaduras y rajaduras que nunca tienen oportunidad de sanar, el agua salada se te mete en los guantes, las quema y ampolla hasta dejarlas en carne viva. Y trabajar en la fábrica procesadora de camarón era todavía peor; todo el día partiendo esas malditas cabezas de camarón y la cinta transportadora que nunca termina. Se te quedan las manos más empapadas e hinchadas que nunca y la cabeza a punto de estallar con el traqueteo de la maquinaria.

También había trabajado en el campo. Col, papa, cebolla. La papa es mejor que la col y la col es mejor que la cebolla. La papa es trabajo limpio. Le gustaba la papa. Los campos en la primavera, frescos y bonitos en la mañanita, podías pensar en versos de poesía mientras trabajabas, pensar y pensar y pensar, porque sólo te pagan por esto, ¿verdad? y me enseñaba sus manos chatas, y no por esto, y se tocaba el corazón.

Pero las cebollas son de los perros y del diablo. Los costales se inflan como un globo a tus espaldas mientras trabajas, tijereteas y recortas las barbas y el rabo, tienes que trabajar deprisa para ganar dinero. Se usan tijeras muy filosas, ves, y los dedos se te llenan de marcas una y otra vez y te hace sentirte tan sucio. El sabor a cebolla y polvo en la boca, los ojos llorosos y el chasquido click click click de las tijeras en los campos y en tu cabeza mucho después de llegar a casa y tomarte dos cervezas.

Fue entonces cuando Flavio recordó el deseo de despedida de su madre: Un trabajo donde tus uñas estén limpias, mi'jo. Por lo menos eso. Y se encaminó a Corpus y a la Luby's.

Así que cuando su tío Roland le pidió que fuera a San Antonio para ayudarlo en su negocio de control de plagas, "Puedes aprender un oficio, una habilidad para toda la vida. Siempre habrá bichos", Flavio aceptó. Aun si los venenos e insecticidas le daban dolores de cabeza, aun si tenía que meterse a gatas bajo las casas y de vez en cuando tenía que enjuagarse el pelo con una manguera de jardín después de descubrir accidentalmente el meadero favorito de un gato, aun si de vez en cuando viera cosas que no quería ver: un tlacuache, una rata, una víbora; por lo menos eso era mejor que raspar la milanesa y el puré de papa que quedaba en los platos, mejor que tener que sumergir las manos todo el día en agua jabonosa como una mujer, aunque él usó la palabra "vieja", que es peor.

Le mandé una Polaroid del Woolworth's enfrente del Alamo a Beatriz Soliz. Mi autorretrato saboreando el especial del martes: Hot Dog con Chili con Carne, papas fritas, Coke, $2.99, en la barra en forma de S, como una víbora. Escribí en el reverso de una tarjeta postal de "No se Meta con Texas: Ponga la basura en su lugar": FELIZ DE REPORTAR QUE ESTOY TRABAJANDO DE NUEVO. PERO TRABAJANDO *DE VERDAD*. NO ME REFIERO AL TRABAJO QUE ALIMENTA MI HÁBITO—EL COMER. SINO EL QUE ALIMENTA MI

ESPÍRITU. LLEGO A CASA MUERTA DE CANSANCIO, DE UN HUMOR NEGRO, PERO, CARAJO, ESTOY PINTANDO. UN DOMINGO SÍ Y OTRO NO. PATEANDO NALGA Y HACIENDO UN TRABAJO FABULOSO, CREO YO. O POR LO MENOS HAGO EL INTENTO. CUÍDATE, MUJER. ABRAZOS, LUPE

Era así como un domingo sí y otro no arrastraba mis nalgas de la cama y me metía al taller del estudio para intentar que mi vida valiera un poco la pena. Flavio siempre llegaba antes que yo, como si estuviera pintándome él a mí.

Lo que más me gustaba de trabajar con Flavio eran los cuentos. A veces, mientras posaba, teníamos competencias de contar cuentos. "Tu tristeza favorita". "La comida más fea que hayas comido". "Una persona horrible". Una que recuerdo pertenecía a la categoría "Al fin: Justicia". En realidad era el cuento de su abuela, pero lo contaba bien.

Mi abuela Chavela era de aquí. De San Antonio, quiero decir. Tuvo cinco maridos y el segundo se llamaba Fito, de Filiberto. Tuvieron a mi tío Roland, que al momento de esta historia tenía nueve meses. Vivían por el mercado antiguo, por la Commerce y Santa Rosa, en un apartamento de dos recámaras. Mi abuela decía que tenía unos platos hermosos, una vitrina antigua, una mesa pequeña, dos sillas, una estufa, una linterna, un baúl de cedro repleto de manteles bordados y toallas y un juego de recámara de tres piezas.

Y así que un domingo tuvo ganas de visitar a su hermana Eulalia, que vivía del otro lado del pueblo. Su marido le dejó un dólar y feria encima de la mesa para el trolebús, le dio un beso de despedida y se fue. Mi abuela tenía la intención de llevar una bolsa de dulces, porque a Eulalia le encantaban los dulces mexicanos: dulce de leche quemada (glorias, jamoncillos, pedos de monja); palanquetas de nuez; calabaza y cáscara de naranja cristalizadas y esos cuadros bonitos de cocada pintados de verde, blanco y colorado como la bandera mexicana, siempre tan dulces que nunca te los puedes acabar.

Así que mi abuela pasó a la panadería Mi Tierra. Fue entonces que miró a la calle y a quién ve sino a su marido besando a una mujer. Parecía como si sus cuerpos estuvieran planchándose la ropa uno al otro, dijo. Mi abuela le hizo una seña a Fito. Fito le hizo una seña a mi abuela. Luego mi abuela regresó a la casa con el bebé, empacó toda su ropa, su hermosa vajilla, sus manteles y toallas y le pidió a la vecina que la llevara a casa de su hermana Eulalia. Dobla aquí. Dobla allá. *¿En qué calle estamos?* No importa, nomás haz lo que te digo.

Al día siguiente Fito llegó a buscarla a casa de Eulalia para explicarle a mi abuela que la mujer era solamente una vieja amiga a quien no veía hacía mucho, mucho tiempo. Pasaron tres días y mi abuela Chavela, Eulalia y el bebé Roland, se fueron en coche hacia Cheyenne, Wyoming. Se quedaron ahí catorce años.

Fito murió en 1935 de cáncer del pene. Creo que era sífilis. Solía entrenar a un equipo de béisbol. Le pegaron en la entrepierna con una bola rápida.

Yo le explicaba el yin y el yang. De cómo la armonía sexual lo pone a uno en comunión con las fuerzas infinitas de la naturaleza. Mira, la Tierra es yin, femenina, mientras que el Cielo es masculino y yang. Y la interacción entre los dos constituye el meollo del asunto. No puedes tener uno sin el otro. De otro modo, a la mierda el equilibrio. Inhalar, exhalar. Luna, Sol. Fuego, agua. Hombre, mujer. Todas las fuerzas complementarias ocurren en pares.

—Ah— dijo Flavio —como el término quiché *Cahuleu* 'cielo-tierra' para designar al mundo.

—¿Dónde carajos aprendiste eso? ¿En el Popol Vuh?

—No— dijo Flavio sin más ni más. —De mi abuela Oralia.

Yo dije, "Estamos viviendo en tiempos muy poderosos. Tenemos que abandonar nuestra forma de vida actual y buscar nuestro pasado, recordar nuestros destinos, por decirlo así. Como dice el *I Ching*, regresar a las raíces es regresar al propio destino".

Flavio no contestó enseguida, sólo miró su cerveza por lo que parecía un largo rato. "Ustedes los *ammericaaanos* tienen una manera extraña de concebir el tiempo", empezó. Antes de que pudiera protestar por haberme amontonado con ustedes los *ammericaaanos* prosiguió. "Ustedes creen que las épocas antiguas terminan, pero no es así. Es ridículo pensar que una época ha superado a otra. El tiempo *ammericaaano* corre a la par del calendario del Sol, aun cuando tu mundo lo ignore".

Luego, para darles más aguijón a sus palabras hirientes, se llevó la botella de cerveza a los labios y agregó, "Pero yo qué sé, ¿verdad? sólo soy un fumigador".

Flavio dijo, "No sé nada de este asunto del taoísmo, pero yo creo que el amor siempre es eterno. Aun si la eternidad dura sólo cinco minutos".

Flavio Munguía venía a cenar. Preparé una paella maravillosa con arroz integral y tofu y una jarra de sangría fresca. En la grabadora tocaban Los Gipsy Kings. Yo tenía puesta una minifalda de Lycra, un par de botas vaqueras plateadas y un chal de flecos sobre mi leotardo Danskin, como Carmen en esa película de Carlos Saura.

Durante la cena platiqué de cómo una vez una curandera de Oakland masajeó mi aura, de la danza afrobrasileña como medio para la curación espiritual, de dónde podría encontrar un buen platillo *dim sum* en San Antonio y de si una mujer blanca tenía derecho alguno a proclamar que era una curandera india. Flavio platicó de cómo Alex El Güero del trabajo se había ganado una grabadora Sony esa mañana solamente por ser la novena persona en llamar al 107 FM K-Suave, que su tía Tencha hace el mejor menudo del mundo, no te miento, que antes de salir de Corpus él y Johny Canales, de *El Show de Johny Canales,* eran así de cuates hasta que dejaron de hablarse por una apuesta sobre los Bukis, que cada jueves por la noche entrena en un gimnasio por Calaveras con el objeto de moldearse un cuerpo mejor que el de Mil Máscaras y, ¿hay algún término en inglés equivalente a la fulana?

Serví jerez y puse algo de Astor Piazzolla. Flavio dijo que prefería el "tango puro", clásico y romántico como Gardel, no esta cochinada de aullidos de gato. Enrolló a un lado el tapete afgano, me levantó de un jalón y me dio lecciones de habanera, fandango, milonga y me explicó cómo cada uno había contribuido al nacimiento del tango.

Luego salió a buscar algo a su camioneta y la parte trasera de sus pantorrillas rozó mis rodillas al pasar cuidadosamente entre mí y la mesa de centro de Olinalá. Sentí todos los pelos de mi cuerpo oscilar como si fuera una alga submarina y una corriente me hubiera puesto en movimiento. Antes que pudiera calmarme, él estaba metiendo un casete en la grabadora. Un suave crujir. Luego, unas notas azucaradas que subían como un banderín de satín azul sostenido en el aire por palomas.

—Violín, violonchelo, piano, salterio. Música del tiempo de mis abuelos. Mi abuela me enseñó estos bailes: El chotis, el cancán, los valses. Todos parte de una época perdida— dijo. —Pero eso fue hace mucho, mucho tiempo, antes de que a todos los perros les pusieran Woodrow Wilson.

—¿Conoces algunas danzas indígenas? pregunté finalmente, ¿como el Baile de los Viejitos?

Flavio puso los ojos en blanco. Ése fue el fin de nuestra lección de baile.

—¿Quién te viste?

—Silver.

—¿Qué es eso? ¿Una tienda o un caballo?

—Ninguno de los dos. Silver Galindo. Mi primo de San Antonio.

—¿Qué clase de nombre es Silver?

—Es Silvestre— dijo Flavio, —en inglés.

—Lo que *tú* eres, cariño, es un producto del imperialismo yanqui— contesté yo y di un tirón al cocodrilo bordado en su camisa.

—No me tengo que vestir de sarape y sombrero para ser mexicano— dijo Flavio. —Yo sé quien soy.

Quise brincar por encima de la mesa, aventarle las piezas de cerámica negra de Oaxaca a través del cuarto, columpiarme del candelero de hojalata picada, disparar una pistola a sus tenis Reeboks y obligarlo a bailar. Quise ser mexicana en ese momento, pero era cierto. Yo no era mexicana. En lugar del torrente de insultos que tenía en mente, tan sólo me las arreglé para lanzarle un guijarro de barro que se disolvió al impacto: "Perro". Ni siquiera era la palabra que había querido arrojar.

Tienes, cómo podría decirlo, algo. Algo que no puedo decir a ciencia cierta. Una manera de moverte, de no moverte, que sólo pertenece a Flavio Munguía. Como si tu cuerpo y tus huesos siempre recordaran que fuiste hecho por un Dios que te amaba, del que Mamá hablaba en sus cuentos.

Dios hizo a los hombres al cocerlos en un horno, pero se olvidó de la primera hornada y así es como nació la gente negra. Y luego estaba tan ansioso con la siguiente hornada que los sacó del horno demasiado pronto y así nació la gente blanca. Pero a la tercera hornada la dejó cocer hasta que estuvo doradita, doradita, doradita, y, cariño, ésos somos tú y yo.

Dios te hizo de barro rojo, Flavio, con sus propias manos. Esta cara tuya, como las cabecitas de barro que desentierran en Teotihuacan. Pellizcó este pómulo, luego aquel. Usó pedernales de obsidiana para los ojos, esos ojos oscuros como los cenotes sagrados donde arrojan a las vírgenes. Escogió pelo grueso como los bigotes de un gato. Pensó durante mucho tiempo antes de decidirse por esta nariz, elegante y ancha. Y la boca, ¡ah! Todo lo silencioso y poderoso y muy orgulloso amasado para formar la boca. Y luego te bendijo, Flavio, con una piel dulce como cajeta, tersa como agua de río. Te hizo bien pretty aun si no siempre estuve consciente de ello. Sí, así te hizo.

Romelia. Eternamente. Es lo que decía su brazo. Romelia Eternamente en tinta alguna vez negra que había palidecido a azul. Romelia. Romelia. Siete finas letras azules del color de una vena. "Romelia" decía su antebrazo, donde el músculo se abultaba hasta formar una piedra lisa. "Romelia" temblaba cuando él me abrazaba. "Romelia" a la luz de la veladora encima de la cama. Pero cuando desabotonaba su camisa, una cruz abanderada sobre el pezón izquierdo murmuraba "Elsa".

Nunca antes había hecho el amor en español. Quiero decir, no con alguien cuya lengua materna fuera el español. Hubo aquel Graham el loco, el anarquista sindicalista que me había enseñado a comer jalapeños y a echar maldiciones como camionero, pero él era de Gales y había aprendido el español en el tráfico de armas a Bolivia.

Y Eddie, claro. Pero Eddie y yo éramos producto de nuestra educación escolar norteamericana. Cualquier ternura nos salía siempre como los subtítulos de una película de Buñuel.

Pero Flavio. Si Flavio se daba un martillazo en el pulgar sin querer, nunca gritaba "¡Ouch!" decía "¡Ay!" La prueba de autenticidad de un hispanohablante.

¡Ay! Hacer el amor en español, de una manera tan intricada y devota como la Alhambra. Que un amante te suspire *mi vida, mi preciosa, mi chiquitita* y te susurre cosas en ese lenguaje que se canturrea a bebés, ese lenguaje que murmuran las abuelas, esas palabras que olían como a tu casa, como a tortillas de harina y como el interior del sombrero de tu papá, como cuando todo el mundo habla a la vez en la cocina, o cuando duermes con las ventanas abiertas, como sacar a escondidas las nueces de la India de la bolsa arrugada de cuarto de libra que Mamá siempre escondía en el cajón de la ropa interior al volver de hacer las compras con Papá en Sears.

Ese lenguaje. Ese mecer de hojas de palma y de rebozos con flecos. Ese revoloteo emocionado, como el corazón de un jilguero o el vaivén de un abanico. Nada sonaba sucio ni hiriente ni cursi. ¿Cómo podría pensar volver a hacer el amor en inglés? El inglés, con sus *erres* y sus *ges* almidonadas. El inglés, con sus sílabas de lino fresco. El inglés, crujiente como las manzanas, resistente y firme como la lona para velas.

Pero el español zumbaba como seda, se plegaba, se fruncía

y siseaba. Abracé a Flavio cerca de mí, en la boca de mi corazón, adentro de mis muñecas.

Una felicidad increíble. Un suspiro que brota con voluntad propia, un gemido exhalado de mi pecho, tan oxidado y cubierto de polvo que me asustó. Yo estaba llorando. Nos sorprendió a ambos.

"Mi alma, ¿te hice daño?" Flavio dijo en su lenguaje.

Me las arreglé para fruncir la boca en un nudo y menear con la cabeza un "no" justo cuando la siguiente ola de sollozos comenzaba. Flavio me meció, me arrulló y me meció. Ya, ya, ya.

Quería decir tantas cosas, pero sólo pude pensar en una frase que había leído en las cartas de Georgia O'Keeffe años antes y que había olvidado hasta entonces. Flavio ... ¿te has sentido alguna vez como las flores?

Tomamos mi camioneta y una cerveza. Flavio maneja. Miro el perfil de Flavio, esa hermosa cara tarasca suya, algo que debería haber sido cincelado en jade. No tenemos que decir nada en todo el camino y está bien así, sólo nos turnamos para compartir la única cerveza, de acá para allá, de allá para acá, sólo mirándonos uno al otro con el rabillo del ojo, sólo sonriendo con el rabillo de la boca.

¿Qué me ha pasado? Flavio era simplemente Flavio, un hombre al que antes no hubiera mirado dos veces. Pero ahora cualquiera que me lo recuerda, cualquier bebé con esa misma piel de caña de azúcar, cualquier mujer con cara de luna en la cola del Handy Andy o muchacho de caderas estrechas que lleva mis compras al carro o el niño en la lavandería Kwik Wash con orejas tan delicadas como la espiral de un molusco marino, me descubro mirándolo, contemplándolo, apreciándolo. De ahora en adelante. Por siempre jamás. Ad infinitum.

Cuando estaba con Eddie, hacíamos el amor y, de la nada, yo me ponía a pensar en la etiqueta blanco y negro del tubo de pintura amarillo titanio. O en un monedero de plástico de Mickey Mouse que tuve una vez, con los hipnotizados ojos locos que parpadeaban abrir/cerrar, abrir/cerrar cuando lo tambaleabas. O en una pequeña cicatriz en forma de manopla que tenía en la barbilla un niño llamado Eliberto Briseño, de quien estuve locamente enamorada durante todo el quinto año.

Pero con Flavio es justamente al contrario. Puedo estar trabajando en un esbozo de un dibujo al carbón, mordiendo una pizca de borrador de goma elástica que me he puesto distraídamente en la boca y de repente me pongo a pensar en el grosor del lóbulo de la oreja de Flavio entre mis dientes. O puede que un haz de humo violeta se levante del cigarro de alguien en el Bar América y me recuerde aquel tendón que se tensa desde la muñeca al codo en los hermosos brazos de Flavio. O haz de cuenta que Danny y Craig, de la Tienda Guadalupe Folk Art & Gifts, están demostrando cómo funcionan los palos de lluvia de Sudamérica y pum, ahí está la voz de Flavio con la fuerza de atracción del océano cuando arrastra todo consigo hacia su centro—esa especie de chirrido de grava, de carbón y concha y vidrio. Increíble.

Había un gentío en el Taco Haven como siempre los domingos en la mañana, lleno de abuelitas y criaturas en su ropa buena, niños con el pelo todavía mojado del baño matutino, esposos grandotes en camisas apretadas y mamás peleoneras dando manazos a niños malcriados para que se porten decentemente en público.

Tres policías dejaron libre mi butaca de la ventana y la agarramos. Flavio pidió chilaquiles y yo tacos especiales de desayuno. Pedimos cambio para la rocola, igual que siempre. Cinco canciones por 50 centavos. Oprimí la 132, *All My Exes Live in Texas,* George Strait; la 140, *Soy infeliz,* Lola Beltrán; la 233, *Polvo y olvido,* Lucha Villa; la 118, *Mal hombre,* Lydia Mendoza, y la número 167, *La movidita,* porque sabía que a Flavio le encantaba Flaco Jiménez.

Flavio no estaba más callado que de costumbre, pero a mitad del desayuno anunció, —Mi vida, me tengo que ir.

—Acabamos de llegar.

—No. Quiero decir yo. *Yo* me tengo que ir. A México.

—¿De qué estás hablando?

—Mi madre me escribió. Tengo compromisos que atender.

—Pero vas a regresar. ¿Verdad?

—Sólo el destino lo sabe.

Un perro rojizo con el pelo tieso se tambaleaba por la banqueta.

—¿Qué me estás tratando de decir?

Del mismo color rojo que una alfombrilla color cacao o esos cepillos de mango de madera que venden en el Winn's.

—Quiero decir que tengo obligaciones familiares.— Hubo un silencio largo.

Se veía que el perro estaba muy enfermo. Grandes calvas. Ojos gomosos que exudaban como uvas.

—Mi madre me escribe que mis hijos...

—Hijos ... ¿cuántos?

—Cuatro. Del primero. Tres del segundo.

—Primero. Segundo. ¿Qué? ¿Matrimonios?

—No, sólo un matrimonio. El otro no cuenta ya que no nos casamos por la iglesia.

—Cristomático.

Deveras que daba lástima ver a esa cosa, cojeando así en pasos desiguales como si estuviera bailando para atrás y tuviera sólo tres patas.

—Pero esto no tiene nada que ver contigo, Lupe. Mira, tú quieres a tu padre *y* a tu madre, ¿no?

El perro estaba comiendo algo, sus mandíbulas trabajaban en bocados espasmódicos. Un taco de frijol y queso, yo creo.

—El querer a una persona no impide querer a otra. Así me pasa a mí con el amor. Una cosa no tiene nada que ver con la otra. Con toda la seriedad y con todo mi corazón te lo digo, Lupe.

Alguien le ha de haber tenido lástima y le arrojó un último bocado, pero lo noble hubiera sido pegarle un tiro.

—Así que así es.

—No hay otro remedio. El yin y el yang, ya sabes— dijo Flavio y lo decía en serio.

—Bueno, pues— dije. Y luego porque sentía como si el Torres Special quisiera salir de mi panza, agregué —Creo que es mejor que te vayas ahora. Tengo que sacar mi ropa de la secadora antes de que se arrugue.

—Es *cool*— dijo Flavio, deslizándose de la butaca y de mi vida. —*Ay te wacho,* supongo.

Busqué mi cristal de cuarzo rosa y visualicé la energía curativa que me rodeaba. Encendí copal y quemé salvia para purificar la casa. Puse una cinta de flautas amazónicas, gongs tibetanos y ocarinas aztecas, intenté concentrarme en mis siete chakras y pensar solamente en cosas positivas, expresiones de amor, de compasión, de perdón. Pero después de cuarenta minutos todavía tenía un deseo incontrolable de ir a casa de Flavio Munguía con el molcajete de mi abuela y molerle el cráneo.

Lo que me mata es tu silencio. Tan certero, tan sólido. Ni un recado, ni una tarjeta postal. Ni una llamada telefónica, ni un número donde te pudiera encontrar. Ni una dirección a la que escribirte. Ni sí ni no.

Sólo el vacío. Los días crudos y anchos como este cielo azul sequía. Sólo esta nada. Eso es lo que duele.

Nada quiere salir por los ojos. Cuando eres niño, es fácil. Das un paso tieso con un banquito al pasillo oscuro y esperas. Los pasillos de todas las casas en las que hemos vivido olían a Pine-Sol y se veían sucios sin importar cuántos sábados los restregábamos. La pintura descascarada y los rasguños y cráteres feos en las paredes de un siglo de bicicletas y de zapatos de niños y de vecinos de la planta baja. El pasamanos viejo y nunca hermoso, ni siquiera el día en que era nuevo, te apuesto. La oscuridad absorbida en el yeso y la madera cuando se dividió la casa en apartamentos. Bolas de pelusa y pelo en las esquinas donde la escoba no alcanzaba. Y de vez en cuando, el chirrido de un ratón.

Cómo dejo los sonidos, oscuros y llenos de polvo y pelos, salir de mi garganta y ojos, ese sonido mezclado con babas y tos e hipo y burbujas de mocos. Y el mar gotea de mis ojos como si siempre lo hubiera llevado dentro de mí, como una concha marina en espera de ser ahuecada al oído.

Estos días nos escondemos del sol. Cruzamos la calle rápidamente, nos metemos bajo un toldo. Llevamos una sombrilla como acróbatas de la cuerda floja. De nailon de flores rojas, blancas y azules. Beige con rayas verdes y rojas. Marrón desteñido con el mango de ámbar. Las señoras del camión se echan en los asientos y se abanican con periódicos y pañuelos.

Malas noticias. El cielo está otra vez azul hoy y estará otra vez azul mañana. Una manada de nubes grandes, como ganado de cuernos largos, pasa poderosa y pasta a poca altura. El calor como un esposo dormido a tu lado, como alguien que te respira en la oreja, a quien quieres empujar una vez, bien y fuerte y decirle, Ya párale.

Cuando hacía collages compré unos cuantos "polvos" en Artículos Religiosos Casa Preciado, la tienda de vudú mexicano de South Laredo. Recuerdo que escogí Te Tengo Amarrado y Claveteado y el Regresa a Mí—sólo por la envoltura. Pero me encontré a mí misma buscándolos por aquí y por allá esta mañana y, al no encontrarlos, hice un viaje especial a esa tienda que huele a manzanilla y plátanos negros.

Las veladoras están arregladas así. Los poderes sancionados por la Iglesia en un corredor: San Martín de Porres, Santo Niño de Atocha, el Sagrado Corazón, La Divina Providencia, Nuestra Señora de San Juan de los Lagos. Los poderes populares en otro: El Gran General Pancho Villa, Ajo Macho, La Santísima Muerte, Suerte de Lotería, Ley Vete de Aquí, Doble Potencia contra los Juzgados. Se dan la espalda unos a otros, quizás para que nadie se ofenda. Escogí un Yo Puedo Más Que Tú del lado pagano y una Virgen de Guadalupe del cristiano.

Aceites mágicos, perfumes y jabones mágicos, veladoras, milagritos, estampas benditas, estatuitas imantadas para el coche, santos de yeso con pestañas hechas de pelo humano, herraduras de la buena suerte de San Martín Caballero, incienso y copal, ramos de sábila, bendecidos y atados con hilo rojo para colgar sobre una puerta. Yerbas almacenadas del piso al techo en cajones etiquetados.

AGUACATE, ALBAHACA, ALTAMISA, ANACAHUITE, BARBAS DE ELOTE, CEDRÓN DE CASTILLO, COYOTE, CHARRASQUILLA, CHOCOLATE DE INDIO, EUCALIPTO, FLOR DE ACOCOTILLO, FLOR DE AZAHAR, FLOR DE MIMBRE, FLOR DE TILA, FLOR DE ZEMPOAL, HIERBABUENA, HORMIGA, HUISACHE, MANZANILLA, MARRUBIO, MIRTO, NOGAL, PALO AZUL, PASMO, PATA DE VACA, PIONÍA, PIRUL, RATÓN, TEPOZÁN, VÍBORA, ZAPOTE BLANCO, ZARZAMORA.

Víbora, rata, hormiga, coyote, pezuña de vaca. ¿Había realmente animales muertos metidos en un cajón? Una piel envuelta en papel de china, una oreja seca, un cono de papel con alfabetos encogidos negros, un hueso cristalizado en un frasco de alimento para bebés. ¿O eran solamente yerbas *parecidas* al animal?

Estas velas y yerbas y menjurjes, ¿realmente funcionan? Las hermanas Preciado señalaron un letrero encima de su altar a Nuestra Señora de los Remedios. VENDEMOS, NO HACEMOS RECETAS.

De día soy valiente, pero las noches son mi Getsemaní. Ese pellizco de los dientes del perro justo cuando muerde. Una miserable picazón sudamericana en algún lugar que no alcanzo. Un pequeño huracán de agua de tina justo antes de que se escurra por la coladera.

Parece como si el mundo girara suavemente, sin un bache o un chirrido, hasta que el amor entra en juego. Entonces la máquina entera simplemente se para como una tanda de ropa en la lavadora que hace ruido cuando está en desequilibrio, el timbre zumbando a los altos cielos, la luz de peligro relampagueando.

No es cierto. El mundo siempre ha dado vueltas con su cola de latas de hojalata repiqueteando detrás de él. Siempre he estado enamorada de un hombre.

Todo es como era. Excepto por esto. Cuando me veo al espejo, soy fea. ¿Cómo es posible que nunca antes me haya dado cuenta?

Estaba tomando una sopa tarasca en El Mirador y leyendo Dear Abby. Una carta de "Demasiado tarde", que escribió que ahora que su padre estaba muerto, se arrepentía de nunca haberle pedido que lo perdonara por haberlo herido, nunca le había dicho a su padre "Te quiero".

Hice a un lado mi plato de sopa y me soné la nariz con la servilleta de papel. *Yo* nunca le había pedido perdón a Flavio por haberlo herido. Y sí, yo nunca le dije Te quiero. Nunca se lo dije, aunque las palabras traqueteaban en mi cabeza como urracas entre el bambú.

Durante semanas viví con esos dos arrepentimientos como granos gemelos de arena incrustados en mi corazón de ostión, hasta que una noche, mientras escuchaba a Carlos Gardel cantar, "La vida es una herida absurda", me di cuenta de que me había equivocado, ay.

Hoy por fin se apagó el asador Weber en el patio trasero. Tres días de un humo blanco, como el hilo de un papalote. Yo había metido ahí todas las cartas y poemas y fotos y tarjetas de Flavio y todos los bosquejos y estudios que había hecho de él y después encendido un cerillo. No esperaba que el papel tardara tanto en arder, pero eran muchas capas. Tuve que seguir atizándolo con un palo. Sí guardé un poema, el último que me dio antes de irse. Bonito en español. Pero tendrás que confiar en mi palabra. Traducido al inglés sólo suena cursi.

El olor a pintura me daba dolores de cabeza. No podía hacerme a la idea de ver mis lienzos. Había prendido la tele. El canal de Galavisión. Me dije a mí misma que estaba buscando películas mexicanas viejas. María Félix, Jorge Negrete, Pedro Infante, cualquier cosa por favor, donde alguien cante montado en un caballo.

Varios días después me pongo a ver telenovelas. Evito las juntas de la mesa directiva, salgo del trabajo y me vengo a casa de volada, paso al Torres Taco Haven de camino y compro taquitos para llevar. Solamente para poder estar sentada frente a la pantalla a tiempo para ver *Rosa salvaje,* con Verónica Castro. O a Daniela Romo en *Balada por un amor.* O a Adela Noriega en *Dulce desafío.* Las vi todas. En nombre de la investigación.

Empecé a soñar con estas Rosas y Briandas y Luceros. Y en mis sueños cacheteaba a la heroína para que entrara en razón, porque quiero que sean mujeres que hacen cosas, no mujeres a las que les pasan cosas. No quiero amores tormentosos. Ni hombres poderosos y apasionados contra mujeres que son volátiles o malas, o son dulces y resignadas. Sino mujeres. Mujeres de verdad. A las que he querido toda mi vida. Si no te gusta, lárgate, *honey.* Esas mujeres. A las que he encontrado en todas partes menos en la televisión, en los libros y en las revistas. Las *girlfriends.* Las comadres. Nuestras mamás y tías. Apasionadas *y* poderosas, tiernas y volubles, valientes. Y sobre todo feroces.

—Bien *pretty,* tu chal. ¿No lo compraste en San Antonio?— Supermarket de Centeno, la cajera habla conmigo.

—No, es peruano. Lo compré en Santa Fe. O en Nueva York. No me acuerdo.

—Qué *cute.* Te ves bien mona.

Peinetas de plástico con flores de flecos. Una blusa morada tejida a gancho con estambre brillante, no metida sino puesta sobre los jeans para ocultar una panza grande. Ya lo sé, yo hago lo mismo.

Es de mi edad, pero se ve más grande. Cansada. De nada sirven los labios rojos, la sombra de ojos que solamente la hace parecer triste. Esas arrugas de la comisura de los labios a las aletas de la nariz, de guardar enojo, o lágrimas. O los dos. Ella me despacha en este momento mi *Vanidades.* "Número Extra". "Julio confiesa que está buscando el amor". "¿Todavía eres la hija de papi?—¡Libérate!" "15 Maneras de decir Te Amo con los ojos". "La increíble boda de Maradona, estrella del futbol argentino (¡Costó 3 millones de dólares!)". "*Verano a la orilla del mar,* una novela íntegra de Corín Tellado".

—Libertad Palomares, dijo, mirando la portada.

—*Amar es vivir*— contesté automáticamente, como si fuera mi lema. Libertad Palomares. Una gran estrella venezolana de telenovela. Rete llorona. En cada episodio llora como una Magdalena. Yo no. No podría llorar ni aunque mi vida estuviera en juego.

—Verdad que trabaja su papel *real good?*

—Nunca me pierdo ni un capítulo.— Era la verdad.

—Ni yo. Si Dios quiere hoy voy a llegar a casa a tiempo para verla. Se está poniendo buena.

—Parece que se va a acabar muy pronto.

—Espero que no. ¿Cuánto cuesta ésta? Puede que compre una también. ¡*Three-fifty*! Bien *'spensive.*

Quizás una vez. Quizás nunca. Quizás cada vez que alguien te pregunta *¿Bailas?* en el Club Fandango. Todo por una noche en la Hacienda Salas Party House, en South Mission Road. O en el Lerma's Night Spot, en Zarzamora. O haciendo ojitos en el Ricky's Poco Loco Club o en El Taconazo Lounge. O quizás, como en mi caso, pintando en mi garaje.

Amar es vivir. Es el meollo del asunto para esa mujer del Super Centeno y para mí. Era suficiente para mantenernos sintonizadas cada día a las seis y media, otro capítulo, otra emoción. Revivir aquella vida cuando el universo corría por la sangre como agua de río. Viva. No las semanas pasadas escribiendo solicitudes de beca, ni las cuarenta horas parada detrás de una caja registradora echando latas de frijoles refritos en bolsas de plástico. No señor. No nos pusieron en este mundo para eso. Nunca jamás.

Nada de Lola Beltrán sollozando "*Soy infeliz*" sobre sus cuatro cervezas. Sino Daniela Romo cantando "*Ya no. Es verdad que te adoro, pero más me adoro yo*".

De una manera u otra. Aun si es sólo la letra de un estúpido éxito popular. Vamos a componer el mundo y vivir. Quiero decir vivir nuestras vidas como se supone que hay que vivirlas. Con la garganta y las muñecas. Con ira y deseo, y alegría y dolor, y amor hasta que duela, tal vez. Pero maldita sea, mujer. Vive.

Regresé a la pintura de los volcanes gemelos. Se me ocurrió una buena idea y rehice todo el asunto. El príncipe Popo y la princesa Ixta intercambian lugares. Después de todo, quién dice que la montaña dormida no es el príncipe y la mirona es la princesa, ¿verdad? Así que lo hice a mi manera. Con el príncipe Popocatépetl acostado boca arriba en lugar de la Princesa. Por supuesto, tuve que hacer unos ajustes anatómicos para simular las siluetas geográficas. Creo que le voy a poner El pipí del Popo. Como que me gusta.

A donde quiera que vaya, soy yo y yo. Una mitad vive mi vida, la otra me mira vivirla. Enero ya está aquí. El cielo ancho como un océano, gris como la panza de un tiburón durante días a la vez y luego de repente un azul tan tierno que no recuerdas cuántos meses hace que el calor te partía la cabeza como a una cáscara de nuez, no puedes recordar ya nada.

Cada atardecer, me sorprendo apurándome, limpiando los pinceles, apurándome; mis pasos dan un ligero golpecito sobre cada peldaño de la escalera de aluminio que sube al tejado del garaje.

Porque las urracas llegan por cientos de todas direcciones y se posan sobre los árboles del río. Los árboles en esta época se han quedado sin hojas, como anémonas marinas, los pájaros en sus ramas, oscuros y nítidos como claves de sol, muy claros y nobles y limpios, como si alguien los hubiera recortado en papel negro con tijeras afiladas y los hubiera pegado con engrudo.

Las urracas. *Grackles.* Urracas. Maneras diferentes de ver al mismo pájaro. Los de la ciudad los llaman *grackles,* pero yo prefiero urracas. Ese rodar de las *erres* es la gran diferencia.

Las urracas, pues, grandes como cuervos, brillantes como cuervos, bajan en picada y arman un alboroto como los borrachos durante las fiestas. Las urracas dan un chillido agudo, un ascenso resbaloso por las escalas, un tañido súbito a través de una cuerda de violín. Y luego un silbido astilloso que enlazan y amarran desde esa caja en sus gargantas, y escupen y chirrían y hacen chuc. Chuc-chuc, chuc-chuc.

Aquí y allá un puñado de estorninos esparcidos a través del cielo. Todos descienden súbitamente en una sola dirección. Luego, otra explosión de estorninos muy lejos, como granos de pimienta. El viento traquetea las nueces de las pacanas. Chás, chás. Como niños malcriados tirando piedras a tu casa. El olor húmedo de la tierra es el mismo olor del té cuando hierve.

Las urracas forman una curva, descienden a las copas de los árboles. Alas anchas contra el azul. Las puntas de las ramas tiemblan cuando se posan, se estremecen cuando despegan otra vez. Aquéllas en la copa miran devotamente en una sola dirección hacia una Meca privada.

Y otros miembros del equipo de estorninos se disparan y corren, vuelan arriba muy arriba. Algunos caen en picada en una dirección y otros los entrecruzan. Como bandas marciales en el intermedio de un juego de fútbol americano. Esta picada nunca choca contra aquélla. Las urracas más cerca de la tierra, los estorninos mucho más arriba porque son más pequeños. Cada día. Cada puesta del sol. Y nadie se fija excepto para mirar al suelo y decir, "¡Quién va a limpiar toda esta caca!"

Todo este tiempo el cielo palpita. Azul, violeta, durazno, no se queda quieto ni un segundo. El sol se pone y se pone, toda la luz del mundo es suave como el nácar, como un Canaletto, un chabacano, el lóbulo de una oreja.

Y cada pájaro en el universo chacharea, parlotea, cloquea, chirría, grazna, gorjea, se vuelve loco porque gracias a Dios otro día ha terminado, como si nunca lo hubiera hecho ayer y nunca lo volviera a hacer mañana. Solamente porque es hoy, hoy. Sin pensar en el futuro o el pasado. Hoy. Hurra. ¡Viva!

¡tan TAN!

Ni chicha, ni limonada: Tras bambalinas con la traductora

Tuve la buena suerte de participar en el primer taller de escritura que Cisneros impartiera en la casita del Women's Peace House en Austin, Texas. Sandra escribía en esos momentos muchos de los cuentos que conforman esta antología, entre ellos el de "Woman Hollering Creek" que yo vi días después de escrito. Recuerdo su comentario de que los cuentos tienen que ser como un collar de perlas, cada sección perfecta, redondeada, en completa unión con las otras perlitas.

Algunos de estos cuentos usan el inglés formal, otros los modismos estadounidenses, otros reflejan el español del interior de México vertido al inglés y, aún otros, usan el inglés de la frontera salpicado generosamente de palabras y expresiones en español. Además, la escritora enriquece su texto con el náhuatl y el maya, dos de las lenguas indígenas mexicanas.

La primera cuestión que tuve que enfrentar al traducir este libro era si usar el español estándar, ya sea "genérico" o castellano, o usar el español mexicano y, más específicamente, el español tejanomexicano, o "Tex-Mex", como se le conoce afectuosamente a lo largo de la frontera. No me fue difícil optar por lo segundo, ya por preferencia personal pero, más importante, porque los cuentos toman lugar en territorio mexicano y estadounidense y porque es la intención explícita de la autora dar voz a la gente de origen mexicano, ora de este lado, ora del otro lado de ese río que algunos llaman Grande, otros Bravo y, aún otros, Colorado. Fue primordial dar voz a la gente humilde, cuya riqueza oral es fuente de esta obra.

Encontré que los cuentos más fáciles de traducir eran aquellos donde los protagonistas eran mexicanos. La originalidad de Cisneros reside en parte en su fina percepción del idioma español con el cual juega y luego disfraza de inglés. Se divierte con los recovecos de la sintaxis, con nuestros diminutivos apapachadores, con los divertidos sonidos como urraca y fanfarrón y con la yuxtaposición de palabras inglesas y españolas que lanza al aire como malabarista. Como traductora, mi labor era llevarlos de regreso a casa, por así decirlo, fácilmente escuchando en la mente el vocabulario y la sintaxis españolas originales. El cuento que da título a esta antología ilustra claramente este proceso.

Los cuentos que usan inglés estadounidense formal y sus modismos fueron más difíciles de traducir. Tuve que encontrar estructuras equivalentes en español para experiencias tan nuevas y de carácter tan regional que a menudo me desconcertaba. A veces el equivalente no era aparente de inmediato; la pronunciación de "*Luh-uv*" (o *love*-amor) a la manera de las *Supremes* en el cuento "La Fabulosa" se convirtió a la larga en el "Amorcito corazón" del bolero mexicano.

En otros cuentos se escucha el habla de los niños, con toda la frescura e ingenio con el que describen un mundo nuevo. Micaela, en "Mericanos", se convierte en Michelle al llegar a "ese país bárbaro de costumbres bárbaras". Aunque la chiquilla ya piensa en inglés, el español se abre paso a empujones. La voz de

Micaela refleja a una niña que, como los habitantes de la frontera, como Cisneros, ya no es ni chicha ni limonada. Tiene un pie en este mundo y el otro en aquél.

Los cuentos que fueron un verdadero reto contenían varios niveles de inglés "Tex-Mex". Al traducirlos a un español o combinación de español-inglés que asemejara lo más posible el efecto del original, me encontré con varios problemas, los cuales describiré brevemente.

Uso de arcaísmos. Algunos de los cuentos reflejan la escritura caprichosa de la gente del pueblo que pinta sus retablos y ex votos con un lenguaje nacido en el siglo XVI, que continuó usándose en el campo y en lugares aislados de México, Texas, California y Nuevo México. Éste es el lenguaje antiguo de *El ingenioso hidalgo Don Quijote de la Mancha,* donde antes de decir *íbamos* se decía *íbanos,* antes de *así, ansina* y antes de *viste, vítes.*

También tuve cuidado de diferenciar entre los personajes de varios cuentos de acuerdo con su género, clase social, lugar de origen en México, si eran inmigrantes de primera o segunda generación, y hacer cada manera de hablar uniforme y creíble. Las variaciones eran casi infinitas. Aunque hay mucho en común, hay también gran diversidad. Entre mis amigos tejanomexicanos que ofrecían "control de calidad" a mis traducciones Tex-Mex, escuché con frecuencia: "Así no lo decíamos en mi casa", o "Mi mamá siempre decía ...".

El **cambio de código** es el término académico para el cambio repentino de un idioma a otro, una práctica común a muchas culturas en el mundo entero. Puede ser usado para crear efectos especiales, para encontrar una palabra difícil que no está a la mano en el lenguaje que uno está usando, para crear el sentimiento de pertenecer a un grupo particular, para tener un lenguaje privado con el cual hablar a solas o simplemente para divertirse con el lenguaje. En la literatura, en contraste con el habla de la "calle", encontramos una forma estilizada de cambio de idiomas y, en la traducción, se vuelve aún más estilizado, un primo lejano, por así decirlo. El problema es el siguiente: la expresión original es una combinación específica de inglés y español que crea un efecto particular. Al traducir, este efecto muchas veces se desvanece, por ejemplo: "*He wasn't about to throw his career out the window for no* fulanita". De manera que a menudo tuve que buscar otro lugar en el cuento donde pudiera insertar una combinación español-inglés que comunicara al lector que se trataba de un personaje bilingüe o que sugiriera este tipo de humor o ironía en el cuento. Por ejemplo, usé *qüitear* en uno de los cuentos basándome en la voz inglesa *quit*, que significa renunciar a un trabajo; esta castellanización no estaba en el original.

Gramática y ortografía no reglamentaria. En varios cuentos he conservado deliberadamente muchas "incorrecciones" en ortografía y gramática que oímos con frecuencia en el lenguaje hablado, particularmente entre la clase trabajadora: *comites, creibas, pos, pus, anda haciendo, deveras,* etc.

Uso de traducciones literales del inglés. El último aspecto enigmático de la traducción fronteriza es el uso común en el habla de los méxicoamericanos de calcos del inglés para los cuales hay equivalentes aceptables en español. Muchas veces agregan sazón al caldo, como por ejemplo: "*Can you help me find a man who isn't a pain in the* nalgas", que sería traducido por una chicana natural de Texas como: "Me puedes ayudar a encontrar a un hombre que no sea un dolor en la nalga".

Los escritores chicanos como Cisneros han hecho olas en la literatura al norte del río Bravo. Han incorporado palabras y sintaxis españolas, con su innovación poética del lenguaje, con la perspectiva de los ojos inocentes con que un niño contempla una cultura extraña y familiar a la vez, con sus íntimos retratos de los mundos mexicano, méxicoamericano y estadounidense. Este libro es un espejo entre dos culturas que más nos sorprende al vernos reflejados como la otra nos ve.

Al hacer esta traducción, los personajes cisnerianos han pasado a formar parte de mi mundo interior. Los he visto suspirar, luchar, cavilar y celebrar la vida de una manera completamente nueva. Le agradezco a Sandra Cisneros el haberme confiado la traducción de este valiosísimo collar de perlas.

LILIANA VALENZUELA